KB198658

선우 명수필선 52

여울 따라 춤을

선우명수필선·52

여울 따라 춤을

1판 1쇄 발행   2025년 2월 20일

지은이   강인철
발행인   이선우
펴낸곳   도서출판 선우미디어

등록 | 1997. 8. 7 제305–2014–000020호
130–100 서울시 동대문구 장한로12길 40, 101동 203호
☎ 2272–3351, 3352 팩스: 2272–5540
sunwoome@hanmail.net
Printed in Korea ⓒ 2025. 강인철

값 10,000원

ISBN 978–89–87771–09–0 (세트)
ISBN 978–89–5658–788–2 04810

선우 명 수필선 52

여울 따라 춤을

| 강인철 수필선 |

선우미디어 sunwoomedia

길에서 건져 낸 생각들

중학교 졸업 때 선물로 받은 책이 ≪80일간의 세계 일주≫ 였다. 그 책을 열 번쯤 읽고는 야무진 결심을 했다. "나도 이 다음에 커서 세계 일주를 꼭 해 볼 거야."

학창 시절 일본열도에서부터 시작한 배낭여행이 아프리카 최남단 희망봉에서 '더 이상 걸어 나갈 곳이 없어.'라며 끝을 내기까지 78개국을 다니면서 희고 검고 노란 사람들과 색다 른 문화를 만났다.

사람이 산다는 것은 길을 걷는 것과 같다(生卽道). 한 번도 경험해 보지 못한 삶을 살아야 하는 것은 가보지 않은 길을 걸어가야 하는 것과 같다. 그래서 삶의 지혜는 곧 길의 철학 이 된다.

그 길에서 만난 사람들의 이야기와 그곳의 산과 들과 문화 유산들 그리고 박물관과 시장통을 거닐면서 건져 낸 생각들을 모아보았다. 아직도 가본 곳보다 가보지 못한 곳이 더 많다.

길에는 걸어 다니는 길뿐 아니라 상도(商道)와 신사도(紳士道)처럼 눈에 보이지 않는 길도 있다. 선생님이 되기는 쉬워도 사도(師道)의 길이 힘들다는 말은 그래서 의미가 각별하다.

문학도 결국은 인생의 길에서 찾아내야 할 도(道)가 아닐까. 늘 지혜롭기를 원하신 지양 선생님과 졸고에도 박수를 보내 준 '산우회'와 '산영회' 문우님들께 감사드리며 수필계의 자랑스러운 '선우명수필선'으로 엄선해 주신 선우 선생님 고맙습니다.

2025. 1. 17

時溫 姜仁喆

차례

봄

여행

한때는 무전(無錢)여행이 애교와 낭만으로 여겨졌던 시절도 있었다. 그 무렵 꿈에 그리던 울릉도 뱃길은 포항에서 13시간 반이나 소요됐고, 상상 이상의 뱃멀미를 견디고 도동항에 내리면 땅바닥에 주저앉아 속을 가라앉혀야 했다. 게다가 해외여행이란 상상도 못 할 때라 신문에 연재된 〈김찬삼 해외배낭여행기〉는 신비로운 토픽이었다. 이 모두가 그리 머지않은 일들이건만 어느새 까마득하다.

돌아보면 예전에는 인터넷도 없었고 여권과 VISA를 받으려면 반공교육에 신원조회까지 마치느라 1년 정도 준비를 해야 했다. 그런데 지금은 어떤가? 여권은 구청에서 닷새면 OK이고 여행방식도 크게 바뀌었다.

서점이나 여행사를 찾지 않고도 컴퓨터 클릭 몇 번으로 원하는 항공권을 구입하고 여행경로와 YH(유스호스텔)등을 골라서 예약할 수 있다. 각종 앱(APP) 덕분에 지도와 가이드북을 들고 다니거나 길을 잃고 헤맬 염려도 없거니와 사진을 위한 카메라 필름은 이미 골동품이 된 지 오래다.

특히 금쪽 같은 여행경비(US$)를 어떻게 지니고 다녀야

안전할까를 고민할 필요도 없이 카드 시대에 살면서 동시통역기가 외국어 걱정까지 덜어 준다니 격세지감이 아닐 수 없다.

모든 것을 스스로 견디며 헤쳐나가야 했던 과거에 비하면 너무 편리해졌지만 그런 것들이 무상의 공짜가 아니어서일까? 그 대신 무차별 테러와 납치에 생명을 위협하는 내전과 이념 갈등의 충돌 그리고 지진이나 기상이변에 이름 모를 괴질의 공포 등 더 큰 걱정거리가 생겼다. 삶의 이치가 참으로 묘(妙)하다는 생각을 떨칠 수가 없다.

중학교 졸업선물로 받은 '쥘 베른'의 〈80일간의 세계일주〉를 읽었을 때의 감동을 생각하면 지금도 가슴이 설렌다. 주인공 '필리어스 포그'가 용감(?)무쌍하게 도전했던 무용담이지만 결코 남의 일 같지 않았기 때문이다.

드디어 그는 런던을 출발하여 철도를 이용해 이탈리아 브린디시까지 가서 증기선으로 지중해를 가로질러 수에즈운하를 통과하는데 7일이 걸렸고 홍해를 빠져나와 또다시 증기선으로 인도양을 거쳐 인도 서부 뭄바이에 닿는데 13일, 거기서 철도로 인도를 횡단하는데 4일, 남중국해를 돌아 홍콩까지 12일, 그리고 요코하마까지 6일, 화물선으로 태평양을 건너는데 21일, 미 서부 샌프란시스코에서 동부 뉴욕까지 철도로 9일, 또다시 증기선으로 대서양을 횡단 리버풀까지 8일, 거기서 기차를 타고 런던으로 돌아오는 대장정이다.

여기서 하루라도 어긋나면 80일간의 세계 일주는 실패하고 저택(邸宅) 한 채와 맞먹는 상금은 물거품이 되고 만다. 당시로써는 상상을 초월한 스릴만점의 세계 일주 여행기이다.

그들의 교통수단을 보면 더욱 가관이다. 마차와 기차, 증기 여객선과 화물선에 인력거와 코끼리까지 영락없는 만화 같다. 하지만 그 시대의 여건이 그러했기에 온갖 난관을 헤쳐 나가는 동안 융통성 없던 성품의 주인공은 배려와 상생의 소중한 가치를 깨닫게 되었고 낯선 사람과도 잘 어울려 온갖 역경을 이겨 나간다.

소설의 시대적 배경인 19세기는 수에즈운하가 뚫리고 인도와 미국에 대륙횡단 철도가 개통되는 등 개발 문명의 발달이 왕성한 때였다. 아무리 그렇다 하더라도 지금과 비교하면 구닥다리 옛 얘기일 수밖에 없다.

여행이 매혹적인 이유는 때때로 그 길이 우리를 어디로 인도할지 알 수 없기 때문이다. 예정에 없던 낯선 곳에서 예기치 못한 별일(?)이 생긴다 해도 선입견과 고정관념만 버린다면 의외로 더 좋은 경험과 결과를 얻는 경우도 많다.

오지의 사람들이라고 다 미개인이 아니라는 사실과 특정 지역이나 유색인에 대한 편견이 그렇고 이슬람이나 동성애자를 보는 문화의 충돌 등 인류의 삶과 지구환경에 대한 문제를 숙제로 삼아본 건 행복한 고민이다.

여행에 대한 정의는 저마다 다르다. 루소는 〈에밀〉에서 여행은 놀러 다니는 게 아니라 새로운 나를 찾는 학습이라고 했

다. 뚜벅뚜벅 걸으며 멀고 가까운 이웃들과 벗하면서 삶의 지
혜를 얻고자 애쓰는 발걸음이기에 관광과는 사뭇 다르다.
특히 배낭여행은 더욱 그렇다.

"우리는 지금 달나라까지 오가면서도 이웃과 소통하기
는 더 어려운 세상에 살고 있다. 옴 마니 반메 훔"

나 홀로 세상이 전부인 양 지나치게 쏠림 현상을 보이고
있는 현대인을 향해 설파한 티베트의 달라이라마 법문이
다. 히말라야 은둔의 땅 라다크(Ladakh)에서 뵌 지 벌써
몇 해(年) 건만 아직도 그 말씀 새록새록 새롭기만 하다.

봄비

이슬비 내리는 길을 걸으며/ 봄비에 젖어서 길을 걸으며/ 빗방울 소리에 마음을 달래도/ 외로운 가슴을 달랜 길 없네… 봄비/ 나를 울려주는 봄비….

소리꾼 장사익의 애창곡 십팔 번이다. 사십여 년 전 신촌 로터리 뒷골목 '민속음악연구원'에서 국악동아리 수강생으로 만났던 그와 고된 연습을 마치고 난 후 뒤풀이가 벌어지면 어김없이 들려주던 대중음악의 고전 〈봄비〉 한 대목이다. 그때는 대포 한잔에 정이 넘치고 흥겹기만 했었는데 어느새 그리운 추억이 되었고 그 친구는 지금 자랑스러운 한국의 대표 소리꾼으로 국내는 물론 세계를 누비는 스타가 되었다. 그랬던 그 봄비가 추적추적 내리던 날, 반가운 봄비를 벗 삼으며 일산 호수공원을 걸었다.

봄비는 대부분 이슬비처럼 내린다. '이슬비'는 소리 없이 내리기 일쑤다. 하지만 더러는 이슬비보다 굵고 보통 비보다는 가늘 다 하여 '가랑비'라 부르기도 한다. 내 어릴 적 이웃집 아주머니가 마실(놀러) 왔다가 돌아가려고 하자 어머니께서 "왜 벌써 일어나는 겨. 더 있으라고 이슬비까지 내리네."
라고 했고, 아주머니는 "아니야. 어서 가라고 가랑비가 오는
겨." 하셨다. 서로 주거니 받거니 대꾸하던 모습이 어제 일만
같다. 봄비는 그래서 잊을 수 없는 정겨움인가보다.

　이 비 그치면/ 내 마음 강나루 긴 언덕에/ 서러운 풀빛이 짙어
오것다/ 이 비 그치면/ 시새워 벙그러질 고운 꽃밭 속/ 처녀애들
짝하여 새로이 서고/ 땅에선 또 아지랑이 타 오르것다⋯

　봄의 시작은 겨울의 끝자락과 맞물려 있다. 겨울을 보내고
새로운 계절이 오려는 어름에 눈 대신 오는 게 봄비다. 그래
서일까 시인 이수복은 위의 시를 노래하며 봄비를 봄의 전령
이라고 했다. 그 봄비 내리는 자욱한 들녘을 보며 우리는 곧
펼쳐질 푸른 자연의 향연을 설레는 마음으로 기다린다. 만물
이 긴 잠에서 깨어나 아지랑이를 꽃피우며 기지개를 켜는 봄,
그즈음에 내리는 봄비는 분명 생명이고 희망이다.
　또 있다. 국민(초등)학교 시절 새 학기를 맞으면 으레 불렀
던 노래도 그와 비슷했다.

　연못가에 새로 핀/ 버들잎을 따서요/ 우표 한 장 붙여서/ 강
남으로 보내면/ 작년에 간 제비가/ 푸른 편지 보고요/ 조선 봄이
그리워/ 다시 찾아옵니다⋯.

사랑스러운 꼽추 시인 서덕출이 짓고 1927년 북간도에 있던 윤극영이 곡을 붙인 〈봄 편지〉가 새 학기를 희망으로 열어주었다. 봄 편지의 노랫말은 하도 맑고 고와서 한탄도 비애도 없다. 혹독한 겨울이 지나면 봄비에 생명이 소생하듯 봄이 올 것이라는 순정한 영혼이 있을 뿐, 새봄이 마냥 그리웠을 것이다. 조선(朝鮮)의 봄이….

호수공원엔 나무들도 풍성하다. 호수와 나무는 별것 아닌 듯하지만 자세히 보면 삶의 진리가 그 안에 숨겨져 있다. 그래서일까 유경환은 병상에서 이런 시를 유작으로 남겼다.

봄이 왔다/ 새들이 가지에 앉아 노래했다/ 나무가 말했다/ 고맙다/ … 그러자 연못도 입을 열었다/ 물이나 한 모금씩 마시고 가렴/ 새들이 포롱포롱 물 마시고 갔다.

나무는 새에게 왜 함부로 앉느냐 따지지 않고, 호수도 물 마신 새를 나무라지 않는다. 호수와 나무에 새는 타자(他者)일 뿐인데 그럼에도 나무는 새에게 쉴 자리를, 호수는 새에게 마실 물을 주고 새는 노래를 불러 보답한다. 모든 삶은 서로를 고마워하며 타자들을 끊임없이 받아들인다.

나직하고 그윽하게 부르는 소리 있어/ 나아가 보니 아~ 나아가 보니/ 다만 은실 같은 봄비만이/ 소리도 없이 근심 같이 내리누나/ 아~아니 올 사람 기다리는 마음/ 이 마음….

변영로 시인의 시 〈봄비〉 후반부 몇 소절이다. 봄비가 소리 없이 조용히 내렸음에도 그 봄비에 마음이 흔들렸다는 얘기인가 보다.

봄비는 내리는 듯 마는 듯 소리도 없이 조용하지만, 땅속으로 스며들어 대지를 적시고 싹을 틔우며 꽃을 피운 다음 마침내 열매를 맺게 돕는다. 그래서 한바탕 시원하게 지나가고 마는 소나기보다 더 좋다.

세파의 유혹에 휘둘리지 않으며 담담하게 항심(恒心)으로 살아내기가 갈수록 힘들어지는 요즈음, 그럼에도 일상을 봄비에 견주며 '봄비 닮은 삶'을 애써 추구해 본다. 혹여 세상 물정 모르는 철부지 아니냐고 비아냥을 듣는다고 하여도 괘념치 않을 것이다.

호수의 맨 얼굴이 봄비에 간지러운 듯 잔잔하게 밀려온다. 내 마음도 슬며시 여울 따라 춤을 춘다.

자전거 길

개화면은 전라북도 김제와 경계를 맞대고 있는 부안군의 최북단이다. 새벽같이 서울에서 달려온 터라 들뜬 마음을 가라앉히며 부지런히 출발 준비를 하고 있는데 맑고 포근할 거라던 일기예보와 달리 멀리서 시커먼 구름이 빠르게 다가온다.

가까워질수록 새까만 덩어리가 하늘을 뒤덮는가 싶었는데 다행히도 그것은 비구름이 아닌 새(鳥) 떼들의 군무로, 겨울을 나기 위해 한반도까지 내려온 철새들이 되돌아가는 몸짓들이었다. 새들이 잠시 텅 빈 들에서 먹이를 찾느라 바쁘다. 우리도 서둘러 김밥으로 허기를 달랬다.

개화도는 본래 백합의 원조 섬이었으나 간척사업으로 지금은 도(島)라는 이름과 바다(海)까지 잃었지만 그럼에도 여전히 어민과 농민의 삶이 공존하고 있으며, 향토 음식 '백합죽'은 별미로 소문나 있다. 부지런히 자전거 페달을 밟았더니 금방 군(郡) 경계가 바뀐다.

변산반도는 오래전부터 명소로 이름난 곳이다. 특히 요즘은 건강을 챙기며 소요(逍遙)하고 싶은 사람들로 더 붐빈다는

데 격포항과 모항해수욕장까지 가는 풍경이 마치 이탈리아의 소렌토와 비슷하여 더욱 유명해졌다고 한다. 공원 관리사무소에 들르면 자전거를 무료로 빌려주고 있으니 인심도 넉넉히 후하다.

한 줄로 늘어선 자전거 행렬이 해안을 크게 에두르며 씽씽 잘도 미끄러진다. 자전거를 타고 달리는 길은 결코 무리한 서두름이 없고 스치는 산하는 제 리듬을 끝없이 변주해 주어 좋다. 해풍을 가르며 페달을 밟으면 하늘을 나는 기분까지 든다. 분명 목적지를 잘 챙겼음에도 들뜬 기분에 가끔 길을 잃고 헤매기도 했다. 그럼에도 전혀 후회하지 않은 건 그런 의외성(?)이 오히려 두 배의 즐거움을 준 경우도 많기 때문이다.

바닷가 까만 바위들이 파릇한 옷으로 갈아입으려는 듯 부산하다. 봄을 노래하기 위해 찬란하게 꿈틀거리는 '파래' 때문이라는데 파도가 들고 날 때마다 실루엣으로 반짝인다.

변산반도 자전거 길은 갯벌과 해안절벽이 번갈아 가며 가슴을 설레게 해 주어 지루할 틈이 없다. 썰물 때는 물이 빠져나간 펄이 길이 되고 다시 물이 밀고 들어오면 해안절벽 위가 오솔길이 된다. 그때 그때마다 색다름이 있어 여러 번 와도 좋다.

갯가엔 뒤처진 철새들이 서둘러 날개를 퍼덕이고 동네에서는 간간이 개 짖는 소리도 들린다. 바다를 벗어난 길은 심심치 말라고 청보리밭과 솔숲을 덤으로 동반시켜 준다. 국도를

탈 수밖에 없을 경우를 대비해서이었을까. 고맙게도 댓가지를 엮은 가림막으로 차도와 자전거 길을 구분해 놓았다. 동네 분들의 고마운 마음씨가 참으로 아름답다.

목도 마르고 배도 고플 즈음 '채석강'에 닿았다. 잠깐의 차(茶) 한 잔에 하늘을 쳐다본다. 입맛도 눈맛도 꿀맛이다. 얇은 암반층이 책을 쌓아 놓은 것 같다 하여 붙여진 이름 '채석강'에서 사자바위 지나 여해신을 모신 수성당에 이르면 변산에 오기를 참 잘했다는 생각이 절로 든다. 해 질 무렵의 바닷바람이 땀방울을 단박에 씻어준다.

바다 가운데 우두커니 떠 있는 솔섬의 소나무그림자가 길게 곡선을 그리는 사이 지는 해가 하루를 접으려는 듯 차비한다. 그러한 서해 낙조 명소 1호의 한순간을 담기 위해 전국에서 모여든 사진작가들이 빼곡히 장사진을 치고 있다. 의외로 맞닥뜨린 진풍경에 모두 대박~이라며 탄성이다.

꽤나 멀리 달려온 봄 마중 길! 호흡을 가다듬으며 자전거를 접으려는데 붉은 해가 바닷속으로 미끄덩 가라앉는다.

생각지도 않았던 낙조의 장엄한 순간까지 덤으로 얻은 건 여행의 또 다른 맛(?)이다. 심신에 건강 지수가 소복소복 쌓일 것만 같은 변산반도 자전거 길! 어찌하면 좋으냐? 찬란한 이 봄을 …!

워싱턴 꽃놀이

뉴욕의 한인 마트는 서울남대문시장과 너무 닮아있었다. 냉장고, 세탁기, 밥통은 물론 이천 쌀, 순창고추장, 총각김치, 막걸리, 컵라면 등 우리 상품들이 차고 넘쳤으며 입구엔 서울에서 온 각종 신문과 교민을 위한 현지 소식지들이 수북했다. 붕어빵 아저씨가 반갑다며 건네준 붕어빵엔 팥고물 대신 치즈가 들어 있어 '아~참 여기가 미국이지?' 했다. 그분들과 고국 이야기로 꽃을 피우던 중 〈가볼까, 봄 벚꽃놀이! 워싱턴 당일 왕복〉이라는 '찌라시'가 이야깃거리에 올랐다. 미국에 와서 별꼴 다 보겠네 싶었지만 일주일 후 동행하기로 했다.

점심때가 다 되어 도착한 곳은 백악관이 있는 워싱턴D.C 몰(mall)의 타이틀 베이슨 호수였다. 소문대로 흐드러진 벚꽃이 봄의 전령임을 뽐내고 있었다. 경주 보문단지나 서울 잠실의 석촌호 벚꽃 길처럼 부러 조성해 놓은 것 같아 왠지 야릇한 기분이 들었다. 일본이 한 세기 전 미·일 친선 명목으로 사쿠라 3천 그루를 기증해 조성했다는 설명을 듣고는 그러면 그렇지 했다.

꽃은 대부분 향기롭고 예쁘다. 그런데 그 중엔 독(毒)을 잔뜩 품고 있는 꽃도 있고 심지어 곤충을 유인해 잡아먹는 꽃도 있다. 일본의 벚꽃은 근대사에서 그들이 표방한 군국주의의 상징으로 태평양전쟁 때는 천황을 위해 '벚꽃처럼 지라!' 선동하며 젊은이들을 전쟁터로 내몰았다. 자살특공대 가미카제(神風) 전투기에도 벚꽃이 그려져 있었다. 뿐만 아니라 일본 여성들은 전쟁터로 나가는 학도병들에게 벚꽃 나뭇가지를 흔들며 황국 신민 만세를 외쳤었다.

그토록 호전적 역사성이 짙게 밴 벚꽃으로 전쟁 가해자였던 일본이 은근슬쩍 전쟁 피해자로 둔갑해 보려는 심보(?)라는 걸 우리는 머리가 아닌 가슴으로 안다. 이는 수정주의 역사관에 사로잡힌 일본 정부의 의도된 계획임은 말할 것도 없거니와 전 세계를 향해 야금야금 파고드는 교활(狡猾)의 극치다. 과거사 세탁에 집중하고 있는 일본의 태도는 계속될 것이며 언제 어디서 어떤 모양새로 불거질지에 대한 가능성은 날이 갈수록 높아만 가고 있다.

외신에 의하면 네덜란드 헤이그 소재 국제사법재판소가 청사를 증, 개축하는데 주변의 조경공사를 일본 정부가 무상으로 해주는 대신 할당 받은 일본 정원에 사꾸라를 심겠다는 데 합의했다고 한다. 이는 객관성에 어긋남은 물론 국제질서를 어지럽힐 우려가 매우 크다. 그런 이유로 현지 한인 동포들이 반대 피켓을 들었고 급기야 경찰과 대치하면서 한일 갈등이 외신에까지 올랐다고 한다. 국제사법재판소 배심원 15명 중

3명의 동양인 가운데 2명은 중국인이고 1명이 일본인이라는 사실이 예사롭지 않음은 두말할 나위가 없다.

우리가 선제적이고 합리적이지 못하다면 제3국들은 '한국은 왜 일본과 대립만 하려는가?'라는 애꿎은 역풍을 맞을 수도 있어 안타깝다. 현지 교민은 물론 정부로서 한일문제에 관한 한 '소 잃고 외양간 고치는 일'이 반복되어서는 아니 될 일이다.

미국의 수도 한복판에서 꽃비가 바람을 타고 춤을 춘다. 일본은 정략적으로 은근하게 접근하여 제2차 세계대전 패전 후 세계 각국의 정부 청사나 국회의사당 뜰 한 귀퉁이라도 비집고 들어가 '일본정원'이라는 미명 하에 JAPAN을 새기며 해마다 사꾸라를 심어왔다고 한다.

늦었지만 광장 건너편에 '한국정원' 하나쯤 조성할 수는 없을까. 늘 푸른 소나무를 KOREA의 상징으로 가꿀 수 있다면 얼마나 좋을까. 100년 뒤 후세들이 워싱턴에 와 한국정원을 거닐면서 "한 세기 전 우리 선배님들 참 장한 일 하셨다." 반드시 그리 칭송하고도 남을 대업(?)이 아니겠는가.

어느새 하루해가 서녘으로 기운다. 우리가 다시 뉴욕에 도착할 때쯤 저 태양은 한반도 동해에 이르러 독도를 품어 안고 금수강산을 일깨우겠지.

아침의 나라, 찬란한 동방의 빛으로….

상선약수

예전엔 꽤나 멀었는데 영동고속도로 덕분에 쉽게 닿은 오대산 월정사(月精寺), 주차장 옆 식당 아주머니가 친정 오라비라도 대하듯 반가이 맞아준다. 오랜만에 맛본 산채 정식에 더덕구이와 옥매주(강원도 막걸리) 한 잔의 알싸함이라니….

솔향 가득한 전나무 숲길을 천천히 걸었다. 산사(山寺)는 여전히 고즈넉했다. 경내를 돌아보며 '아니, 예까지 와서 서두를 게 뭐람? 내친김에 하룻밤 묵어간들 어떠랴.' 싶었다. 고맙게도 스님께서 편히 쉬다 가라 하셨다.

여름방학 때 명산대찰의 스님들을 찾아뵙던 '팔도 순례 사찰 기행' 그 첫 번째로 찾았던 바로 이곳, 그때 이틀을 묵으며 주지(靑雲) 스님으로부터 많은 이야기를 들었다. 자장율사의 숨결이 배어있는 대웅전과 마당 가운데의 국보 제48호 8각 9층 석탑은 예전 그대로인데 종무소와 공양간, 요사채, 해우소 등은 많이 변한 모습이다. 특히 템플스테이를 위한 강(講)원과 숙소는 묵언, 명상, 좌선 등 선(禪)수련 도량으로 명소가 따로 없다. 계곡 따라 천천히 걸었다. … 산(山) 절로 수(水) 절로/ 산수 간에 나도 절로….

행자들과 함께 저녁 공양을 마치고 안내된 숙소는 옷걸이 하나뿐인 맨밥 같은 객방(客房)이었다. 쏴~ 아~ 쿵! 쿵! 아까 거닐었던 계곡의 물소리가 뒤를 따르며 "서울 생각일랑 모두 떨궈 버리라" 한다. 도시에서는 들어보지 못한 거친 소리건만 장엄한 오케스트라 같기도 하다.

예부터 오대산은 물이 좋기로 유명하다. 특히 월정사 앞으로 흐르는 오대천은 둥글게 감아 도는 물길이 예사롭지 않다며 동서남북 산봉우리들이 절터를 연꽃처럼 감싸고 그 앞을 만월수(滿月水)가 흐르고 있으니 가히 천하 명소가 따로 없다는 스님의 말씀이다. 차(茶)를 우리기에 더없이 좋은 물이라 하여 선인들은 우통수(于筒水)라 일렀고 특히 물이 무거운 것은 미네랄 함량이 많기 때문이라고 한다.

그 물줄기가 북한강을 따라 양평에 이르고 두물머리에서 남한강과 만나 서울을 관통하여 서해로 흐른다. 조선 시대 궁중 수라간에서는 배를 타고 한강 가운데로 나가 중심수(中心水) 깊은 물을 길어다 사용했다고 한다. 우통수의 특징은 물의 비중이 높아 수백 리를 흘러와도 다른 물과 섞이지 않고 강심(江心)으로 흐르기 때문이라는데 먼 옛날 그런 이치를 어찌 알았는지 생각할수록 신기하다.

물에 얽힌 또 다른 이야기가 신라의 보천 왕자와 효명 왕자로까지 거슬러 오른다. 두 왕자가 오대산에서 참선 수도하면서 매일 새벽마다 우통수로 오만 보살님께 정한수 봉양을 했는데 그 공덕이었을까? 효명 왕자는 신라의 르네상스를 주도

한 33대 성덕대왕에 올랐고 보친 왕자는 도(道)를 깨우친 선인(仙人)이 되었다고 한다.

오대산 서(西)대 수정암의 용안수, 동(東)대 관음암의 청계수, 남(南)대 지장암의 총명수, 북(北)대 미륵암의 감로수, 중(中)대 사자암의 옥계수 등 열의 열 골 물이 한 데 합수하여 큰물이 되었으니 삶의 지혜를 거기서 한번 찾아보자는 스님(正念)의 말씀에 시간 가는 줄을 몰랐다.

"'산은 산이요, 물은 물이로다 하셨다'는 성철 큰스님의 법어(法語)가 너무 궁금합니다." 여쭈었더니 "그러면 '상선약수(上善若水)'를 먼저 논해 볼까요?" 하며 오히려 반문한다. 아니 이럴 수가! 할아버지로부터 물려받은 우리 집 가훈(家訓)을 스님이 어찌 콕 짚어 말씀하실까. 물론 우연의 일치이었겠지만 참으로 묘(妙)한 시절 인연이 아닌가.

우연히도 스님의 화두가 우리 집 가훈과 상통하여 더욱 궁금함이 많았던 호기심에 밤잠을 설친 산사의 하룻밤이었다. 단풍 절경이 풍악(楓嶽)에 못지않으니 가을에 또 오라 하신다. 하늘이 눈이 시도록 푸르다.

도시공원

최근의 서울 주거문화에 '역세권' '학세권'에 이어 '공세권'이 추가되었다고 한다. 교통과 학군에 더하여 공원이 가까워야 좋다는 이야기로 삶에 대한 의식변화가 불러온 자연 친화적 욕구가 아닌가 싶다. 그런데 녹지(綠地)는 금방 만들어지는 것이 아니므로 장기 계획에 의한 도시공원 조성만이 정답일 것이다.

나는 수많은 지구촌 공원을 거닐어 보았다. '어쩜 이리 아름답고 이상적일까?'라며 탄성과 부러움을 금치 못했었다.

캐나다 밴쿠버는 도시가 공원이고 공원이 도시임에도 다운타운과 비슷한 넓이의 '스탠리파크'와 함께하고 있다. 원주민을 배려한 인디오 장승(Totem Poles) 테마파크를 중심으로 쥬라기공원 같은 울울한 숲에는 쓰러진 고목 그루터기 옆으로 아들 나무가 대를 잇고 있었다. 또 도시개발 설계부터 원시림 일부를 온전히 보존하고 있다는 다운타운의 '버나비센트럴파크'도 있는데 공원 안에는 한국전쟁에 참전했다가 전사한 캐나디언 젊은이들의 넋을 기리는 충혼탑(Korean War Memorial)이 있어 각별한 곳이기도 하다.

안개 자욱했던 영국 런던의 '하이드파크', 본래는 웨스트민스터 사원의 후원이었으나 1637년 찰스 1세 국왕이 개방을 허락하면서 시민공원이 된 곳이다. 400여 년의 세월을 머금고 있는 자연생태계들이 런던 시내라는 걸 잠시 잊게 해 주었다. 새소리 물소리를 들으며 왼쪽 끝의 '서펜타인' 호수에 이르면 백조들이 노닐고 그 한편의 '스피커스코너'에서는 주말마다 누구나 연단에 올라 주제에 상관없이 자기 소신을 주장할 수 있다. 민초들의 언론자유를 위한 공개 석상인 셈이다. 내심 부러웠던 영국의 이미지이다.

코펜하겐의 '티볼리(Tivoli)공원'은 1843년 개관 이래 야간조명과 크리스마스 분위기가 좋기로 이름난 곳으로 중앙 기차역(驛) 광장과 이웃하고 있다. 넓이로는 미국 디즈니랜드의 십 분의 일도 되지 않지만, 디즈니랜드가 이 공원을 롤모델로 삼았다고 할 정도다. 동화 작가 안데르센도 이 공원을 산책하며 영감을 얻어 『나이팅게일』을 썼다고 한다. 1914년에 개장한 이래 지금까지 무사고를 기록하고 있는 목재 롤러코스터는 여전한 인기로 향수를 자극하고 있었으며 덴마크의 자랑인 벤치와 라운징(lounging) 그리고 누각, 파고다, 물레방아 등이 고즈넉한 채 '숲' '피크닉' '가족'이라는 공원의 핵심 키워드를 되뇌게 했다. "놀이공원에서는 아무도 나이를 먹지 않는다"라는 슬로건이 지금도 눈앞에 선하다.

미국 뉴욕은 세계인에게 사랑받는 도시다. 그런데 맨해튼에 '센트럴파크'가 없다면 얘기는 달라졌을 것이다. 동서

830m, 남북 4.1km의 직사각형으로 면적이 341만m2나 된
다는데 하늘에서 내려다보면 맨해튼 마천루의 빼곡한 회색
도시 한가운데 녹색 점 하나가 알짜배기 땅을 떡 하니 차지한
모습일 것 같다. 센트럴파크야 말로 뉴욕의 허파이며 자연이
베푸는 공공복지의 원천이다.

'만약 센트럴 파크가 없었더라면 지금쯤 그만한 넓이의 정
신병원이 필요했을 것'이라는 게 뉴요커들의 이구동성이라고
한다. 뉴욕의 센트럴파크와 밴쿠버의 센트럴파크를 일러 도
시의 보석(A Jewel in the City)이라는 공통의 별명이 붙여
진 것은 결코 우연이 아닐 것이다.

외국과 우리나라는 지리나 환경, 기후와 취향, 관습 등에
서 여건이 다르므로 동일시할 순 없겠으나 다행스럽게도 성
역이던 청와대가 개방되었고, 용산 미군기지도 시민의 품으
로 돌아왔으니 100년 대계의 통 큰 도시공원이 탄생되길 바
래본다. 오늘 한 그루 나무를 심고 숲을 가꾸는 '숲 사랑'이
곧 '인간 존중'의 시종(始終)임을 잊지 말아야 할 일이다.

자연인

어쩌다 얄궂은 경우를 만나면 흔히 '별꼴 다 보겠네'라는 말을 하곤 한다. 인류의 재앙이라 일컬었던 Covid19팬데믹 이라는 별꼴을 겪으면서 평소 친숙하지 않았던 거실의 TV가 고마운 존재로 바뀌어 안 보면 궁금한 프로그램도 생겼다. 「나는 자연인이다」라는 다큐 프로다.

버스조차 다니지 않고 전기가 없으니 TV도 세탁기도 없다. 깊은 산속에서 외롭게 사는 사람을 찾아가 그의 사연을 들으며 무얼 먹고 어떻게 지내는지, 제작진이 함께 생활하면서 보여 주는 다큐멘터리다. 때로는 과도한 연출인 것 같아 거슬리고 인터뷰가 밋밋할 때도 있지만 적막한 산중에서 이웃도 없이 홀로 사는 힘듦이 안타까우면서도 새삼스러움 또한 크다.

그들 중 상당수는 난치병으로 고생한 뒤 산에 들어와 '자연인'을 자처하며 스스로 절망에서 벗어나 건강을 되찾은 사례들이 많았다. 죽기보다 싫었다는 항암치료를 거부하고 차라리 산에서 조용히 눈을 감으려고 왔다가 말기 암이 완치됐다는 사람, 직장(直腸)암에 걸려 장기를 몽땅 잘라내고 서울 집에서는 대소변을 스스로 어찌할 방법이 없어 도망치듯 산에 들어 온 지 3년 반, 지금은 대소변이 조절돼 행복하다는 사람, "똥오줌 못 가리고 왔다가, 똥오줌 못 가리고 가는 게 인생"이라는 그의 말이 자막으로까지 처리됐던 장면은 지금도 큰 울림으로 남아있다. 그들의 말을 죄다 믿을 순 없지만 그러나 그가 거짓말을 할 이유가 없는 데다 실제로 젊은 PD보다 산(山)을 더 잘 오르고 텃밭을 푸지게 가꿔놓은 걸 보면 감동이 아닐 수 없다.

그들 중에는 도시에서 친지와 이웃으로부터 상처를 받고 떠나온 이들도 있었다. 한때 남 못잖은 부(富)와 성공도 했다는 공통점과 함께 배신이나 보증 혹은 사기를 당했다는 유사점도 있었다. 그러고는 사람이 싫고 겁이 나 그 틈새에 끼어 사느니 차라리 세파를 떠나 독야청청(?)하기로 다짐해 산을 찾았다며, 사람이 싫다는 건 암보다 더 무서운 중증이라고 했다.

그가 필요한 것은 가끔 5일 장마당에 내려가 쌀, 건전지, 석유 정도를 준비하는 것으로 돈의 개념을 묻자 더는 필요 없으니 '부자(富者)' 아니냐고 되묻는다.

그들은 대개 텃밭에서 키운 농작물과 산에서 얻은 약초와 버섯으로 섭생하며 개, 고양이, 염소, 닭들과 벗하고 있었다. 그 가운데 수액(樹液) 이야기는 뜻밖이었다. 고로쇠나무에서만 채취하는 줄 알았는데 자작나무, 헛개나무, 느릅나무에서도 수액을 얻고 있었으며 그걸 그냥 마시기도 하지만 간장 된

장을 담가 음식 만들기에 사용하고 있었다. 오로지 생명 유지와 잎과 꽃을 피우기 위해 빨아들인 나무의 물은 그래서 순수하고 검박하다고 했다. 그동안 도시에서 마셨던 물은 남보다 앞서기 위해, 체면치레로, 잘난 척 세속의 쾌락과 돈을 좇아 마셨던 건 아닌지 자문(自問)하며 산에 들어온 후 바꿔 마신 물과 공기로 몸과 마음이 나무를 닮아가는 것 같다면서 "지금처럼 행복한 적이 없다."라며 파안대소했다.

어설퍼 보였으나 그들의 모습은 빈궁(貧窮)이 아닌 청빈(淸貧)이었다.

의사인 친구가 "인간이라는 유기체는 물, 공기, 음식, 햇빛 등으로 생명을 유지하지만 그런 섭취물이 양(良)질인 데다 양(量)까지 적당해야 건강하다면서! 친구도 이 프로는 가끔 챙겨본다고 했다.

TV 화면에 자연인의 환한 얼굴이 클로즈업되면서 존 러스킨의 어록이 배경음악과 함께 흐른다. "욕망은 인간의 능력을 증폭시켜 극한의 장애나 병고도 뛰어넘게 한다. 하지만 욕망을 절제하지 못하면 삶은 그때부터 불행해지고 만다."

자연인의 생활상이 죄다 좋은 건 아니지만 이래저래 "내일의 삶"에 대한 생각들이 깊어지고 있는 요즘, 솔숲 가득한 맑은 계곡과 청량한 하늘 아래 자연인이 살고 있는 산기슭 산야초들이 아슴아슴 방긋방긋 벗(?)하자며 손짓한다.

현장답사

　지난 연말에 관람했던 뮤지컬 『영웅』의 감동을 잊을 수 없어 새해 벚꽃이 흐드러지던 봄날 그를 만나러 길을 나섰다.

　하얼빈(Harbin)은 러시아 국경과 가까운 먼 곳이었다. 먼저 안중근(安重根) 의사가 '하얼빈 의거' 후 뤼순 감옥으로 이감되기 전까지 수감되었던 옛 일본영사관을 찾았다. 세월 무상일까 지금은 '화원소학교'로 변한 황토색 건물에서 어린이들이 공부하고 있었다.

　일본의 만주 침략 본부이었던 바로 그곳, 얼마나 많은 독립투사들이 고초를 겪었을까. 형언키 어려운 비통(悲痛)함에 먹먹한 가슴을 달래며 하얼빈역으로 향했다.

　베이지색 건물에 짙푸른 유리창과 벽시계를 배경으로 '하얼빈'이라는 붉은색 한자 역(驛)이름이 위압적으로 다가왔다.

　역 구내에 마련된 '안중근의사기념관'은 그의 생애와 거사 전후의 정황, 거사 당일의 숨 막혔던 순간들, 투옥 후 옥중생활 등이 한글로 친절하게 설명돼 있었다. 의거를 일으킨 플랫폼까지 직접 가볼 순 없었지만, 기념관 창을 통해 1909년 10월 26일 오전 9시 30분에 총성이 울렸던 현장을 볼 수 있어 다행이었다. 이등박문(伊藤博文)이 서있던 자리는 네모로, 안 의사의 저격 지점은 세모로 표시돼 있어 실감을 더했다.

의거 직후 중국 지식인들은 자기네가 하지 못한 위국헌신(爲國獻身)을 한국인이 해냈다고 크게 칭송했으며 중국에서 국부(國父)로 추앙받는 손문(孫文) 선생은 "이름은 만국에 떨치고 죽어서는 천추에 빛나리"라는 추모 시를 썼고, 초대 총리 주은래(周恩來)는 "중·한 두 나라 인민의 일본제국주의에 대한 공동 투쟁은 하얼빈 의거로부터 시작되었다."라며 크게 칭송했다고 한다.

잠시 회상에 젖어 멍～ 해있던 순간 난데없이 들려온 구식 증기기관차(火車)의 빽～ 빽～ 기적 소리에 얼마나 소스라쳤는지 지금도 그때를 생각하면 가슴이 철렁 내려앉는다.

오후 2시 10분 하얼빈역에서 대련(大連)행 기차를 탔다. 끝 간 데 없이 광활한 지평선, 이따금 깨알 같은 농가들을 무심히 지나칠 뿐 대단한 만주 벌(平野)이다. 고속열차인데도 4시간 반이나 달렸으니 어지간히도 멀다. 서둘러 뤼순으로 향했다. 버스 차창 너머로 개나리가 한창인 걸 보니 서울보다 열흘쯤 철이 늦은 것 같다.

백옥산 정상에 올라 바다와 어우러진 뤼순 시내를 한눈에 담아 보았다. 해거름의 항구도시는 고즈넉했다. 그런데 왜 그 노을이 핏빛으로 다가왔을까.

다음날 옛 뤼순 감옥의 '국제항일열사기념관'을 찾았다. 안중근 의사, 단재 신채호 선생, 우당 이회영 선생 등 독립운동

가의 공적들이 한글과 한문, 영문으로 자세히 소개돼 있어 놀라웠다. 다음으로 들른 곳은 안(安) 의사가 조도선, 우덕순, 유동하 동지와 함께 재판받은 일본 관동법원이었다. 법정에서 "조선을 망친 역적!"이라고 외치며 의연하게 이등박문(伊藤博文)의 죄악 15개를 논변하여 일본인 판사와 검사를 경악하게 했다는 바로 그곳, 당시의 생생한 영상물을 감상하는 동안 주중인데도 다음 관람객들이 대기 중이었다. 역사 체험 산 교육장으로 지정 운영되고 있기 때문이었다. 반면교사가 따로 없다.

우중충한 감옥, 섬뜩한 형구들, 다닥다닥 붙어있는 좁은 감방, 혹독한 추위를 견디며 온갖 고초 속에 '동양평화론'을 정리했다는 독방이 거기 있었다. 하얀 조명이 비치는 초상 위로 외줄 올가미가 처연하게 드리워져 있던 순국 장소(사형장)도 찾아보았다.

일본인 간수 치바도시치에게 유묵 '爲國獻身軍人本分'을 전한 다음 고국의 어머니께서 손수 지어 보내주신 하얀 두루마기를 입고 의연하게 형장으로 걸어갔을 뒷모습이 오버 랩되면서 목이 멤을 애써 참았다.

안 의사가 묻혔다고 추정되는 공동묘지 '동산파' 초입에 들어서자 새와 동물들의 조잡스러운 목(木) 조각들이 울긋불긋 여기저기 걸쳐있어 기괴하고 음산했다. 잡목과 수풀 사이로 5분여를 더 들어가자 '뤼순 감옥 구지묘지(旅順監獄舊址墓地) 석비'가 경계석처럼 서 있었다.

이곳 어디엔가 안중근 의사의 넋이 아직도 구천을 헤매고 있을 거라 생각하니 숨이 멎을 듯 가슴이 답답했다. 안 의사 순국 110년이 지나도록 유해조차 찾지 못한 죄스러움에 고개가 절로 떨구어졌다. 하루속히 고국으로 모셔 와 서울 용산의 효창공원 가묘(幽宅)에 편히 모실 날을 천지신명께 소원하며 하늘을 우러러본다.

차마 떨어지지 않는 무거운 발걸음이 자꾸만 뒤를 돌아보게 한다.

부끄러움

TV 방송 '미스터트롯' 프로에서 일약 스타덤에 올라 개인 콘서트로 전국을 누비던 유명 가수가 집 근처에서 길가에 주차된 차량을 들이받고 뺑소니를 쳤다는 뉴스가 연일 화제다. 사고 다음 날에야 늑장 신고를 하면서 운전자 바꿔 치기 시도와 음주 사실 부인, 콘서트 강행, 전직 고관 변호사 선임 등 기세가 여간 아니었으나 결국 구속, 기소되어 영어의 몸이 되었다.

그가 만약 교통사고 당시 현장을 떠나지 않고 수습에 최선을 다하면서 즉시 경찰에 자진신고를 했더라면 사회적 공인이 된 연예인으로서의 바른 행실에 칭송(?)받았을지도 모를 일이었건만, 사고를 어물쩍 덮고 피하려는 어리석음으로 기획사 대표와 매니저까지 연루되는 일파만파 비행(非行)들이 우리를 더욱 슬프게 하고 있다. 그 누구든 잘못을 저지를 수 있고, 그 실수가 미안한 줄도 안다. 그런데 언제부턴가 그런 일을 애써 감추고, 부인하고, 남 탓하고, 돈과 권력으로 뭉개려 드는 풍조가 늘고 있다. 오죽하면 한국인의 '오리발'이라는 단어가 외신에까지 회자되어 조롱거리가 되고 있을까?

다산(茶山) 정약용은 부끄러울 '치(恥)' 자를 언급하면서 사람에 있어 부끄러움은 중대한 소양이며 "수치심은 삶에서 그무엇보다 우선 한다"라고 했다. 그가 말년에 써 남긴 글에는 "평생 선을 즐기고 옛것을 좋아했음(樂善好古)은 괜찮았으나 생각이 다른 상대를 너무 혹독하게 비판한 점에 대해서는 부끄러움이 앞선다."라고 했다.

　실수하지 않는 사람은 아마 없을 것이다. 그럴 때 바로 알고 뉘우친다면 난관을 면할 수 있겠지만, 발뺌하거나 외려 큰소리로 우긴다면 돌이킬 수 없는 죄인이 되어 금수(禽獸) 취급을 받을 수도 있으니 명심 또 명심할 일이다.

　애석하게도 여의도 정가(政街)에서 흔히 회자되고 있는 부끄러운 말 중에 "소설 쓰고 있네"라는 표현 때문에 문학계의 속앓이가 이만저만 아니다. 문학의 장르인 소설(小說)이 무슨 죄가 있어 야비한 거짓말과 동의어로 쓰임을 당하고 있단 말인가? 또 "정치하고 있네"라는 비아냥거림 역시 정치(政治) 본연의 순수한 의미와 달리 술수와 꼼수에 위선의 대명사로 취급되고 있어 자괴감마저 들게 한다. 일부 저질(低質) 무리의 잡스러운 행태라 여겨지지만, 아무렴 국회 본회의장이나 각 분과 상임위원회의 국사(國事)를 논하는 공식 석상에서 자행되고 있는 인신공격이나 조롱, 패거리 막말이라면 국격(國格)에 반하는 심각한 문제가 아닐 수 없다. 나아가 상대방에 대한 사적인 감정(원한)과 그에 따른 개인적 복수심의 발로인 르상티망(Ressentiment)이라면 두말할 나위 없이 퇴출되어야 마땅할 일이다.

새마을사업이 한창일 때 '고·수·미' 운동을 크게 벌여 '고맙습니다' '수고하세요' '미안합니다'를 생활화하자는 국민 운동이 있었다. 선진 문화시민으로서의 발돋움을 위한 첫걸음으로 부끄러움과 염치, 분수를 일깨우려는 시대적 간절함이었다. 그 결과 사회 분위기가 크게 순화 고양되면서 국민화합과 한강의 기적을 이루는데 정신적 밑거름이 되었다. 요즘 들어 사회지도층 인사들이 후안무치(厚顔無恥)한 망동을 보이는 것은 부끄러움을 모르는 망신이요 국민에 대한 모독이 아닐 수 없다.

어떤 학자는 도무지 알 수 없는 게 인간의 내면이지만 그러나 자기 자신만은 스스로를 감추거나 속일 수 없는 존재이며 하늘은 그런 양심(良心)을 언제 어디서나 늘 들여다보고 있다고 했다.

바야흐로 우리는 지금 200여 개국 80억 인류의 글로벌 지구촌 시대를 살아가고 있다. 하루가 다르게 변하는 인터넷과 AI가 판을 치는 위중함 속에 국제사회와 어깨를 나란히 견주어야 할 자랑스러운 한국인으로서 기본 소양이 그 어느 때보다 절실한 이즈음, 새삼스럽게 부끄러울 '치(恥)' 자를 되새겨 보고 있음은 최소한 그게 국격을 위한 삶의 가치 제1 덕목(德目)이기 때문이다.

농심

　내 고향 금산(錦山)은 인삼 고을이다. 어렸을 적 우리 집도
인삼 농가여서 이른 봄부터 바빴다. 학교 다녀오면 들녘에서
일하는 어른들의 새참을 나르고 짬짬이 일손을 돕기 위해 논
과 밭으로 많이 뛰어다녔다. 해마다 벼나 콩, 보리, 고추, 감
자, 옥수수 등 씨를 뿌리고 김매고 비료 주어 무럭무럭 자라
는 모습을 보며 신기하다는 생각을 많이 했다. 그런데 아무리
생각해도 알 수 없는 기이한 현상 하나는 인삼을 수확하고 난
다음 그곳에는 왜(?) 계속 농사를 짓지 않고 빈 땅으로 묵히
며 놀리는지 궁금했다.

　더욱이나 농작물 없이 비어있는 농토임에도 주기적으로 품
을 들이는 데는 의아하기까지 했다. 그뿐만이 아니다. 여름철
에는 돈을 들여 풀(綠肥)을 구해 넣고 겨울철에는 외양간의
두엄(堆肥)까지 내다가 함께 갈아엎곤 했는데 그 기간이 적어
도 한두 해 이상 농작물을 가꾸듯 공을 들이고 있는 게 아닌
가. 도무지 이해가 안 되어 "아버지, 왜 빈 땅을 품(돈) 들여
관리하세요?" 여쭈었더니 "이 녀석 보소"라며 머리를 쓰다듬
으며 다음과 같이 말씀해 주셨다.

"인삼은 본래 산삼(山蔘)으로부터 시원한 영물이라 예전에는 녹용(鹿茸)과 함께 죽을 목숨도 살려낸 으뜸 명약으로 이는 심산유곡의 산삼을 일컬었다."라고 전제하신 다음, 그 자연 속의 산삼을 어렵사리 사람의 손으로 밭에서 재배하는 데 성공하였으나 겨우 개성, 부여, 금산, 풍기 4곳에서만 가능했기에 오랜 세월 특산지의 특산품으로 존재해 온 귀물(貴物)이라 하셨다.

인삼은 다년(多年)생이라 적어도 4년 이상 6년 정도를 키운 다음 수확하는데 웬일인지 그 땅에는 계속해서 연작 재배가 불가능했다고 한다. 그 이유는 일반농작물과 달리 지력이 약하면 생육 자체가 안 되기 때문에 이를 보충하기 위한 방법으로 땅에게 휴식을 주면서 그사이 양질의 배양토를 만드는 자연 친화적 휴경농법을 택하고 있다며 땅 힘 그 자체가 생명이요 절대가치라고 했다.

아버지의 자세한 말씀에도 금방 이해가 되지 않아 더욱 궁금한 나머지 영물(靈物)과 연작(連作)은 무엇이고 지력(地力)과 휴경농법(休耕農法)은 또 무엇이냐고 재차 여쭈었다.

아버지께서 '허참 이 녀석 봐라' 정색하고 쳐다보시더니 "넌 커서 무엇이 될 건대?"라며 대답 대신 엉뚱하게도 장래 희망을 물어보셨다. 그 당시 우리 또래의 희망은 너나없이 죄다 대통령 아니면 장군이었던 치기 어린 시절이라 나 또한 "대통령이요." 했더니 아무런 말씀 없이 "어서 숙제나 끝내거라." 빙그레 웃으며 일어나셨다.

그 후 그런 이야기를 아버지와 다시 나눠본 기억은 없다. 상급학교로 진학하면서 그런저런 궁금증들은 누가 별도로 일러주지 않았음에도 생활 속에서 시나브로 답을 얻었지 싶다. 흙의 아들이니 농과대학을 다니지 않았어도 농업에 대한 기본지식은 갖게 되었으며, 착한 이웃들과 성실하게 살아온 터라 법학을 공부하지 않았어도 일반 상식의 테두리 안에서 사는 데 불편이나 부족함이 없었음은 농부의 아들로서 많은 이웃과 함께 자부와 긍지를 갖는다.

외갓집, 말만 들어도 정겨운 외할머니댁은 과수원을 하셨고 이웃 동네라 자주 들르곤 했는데 특히 복숭아와 포도가 익을 때면 일손을 보태기 위해 주말마다 달려가곤 했다.

지금도 탐스럽게 주렁주렁 매달린 과일을 볼 때마다 농한기의 가지치기와 봄철의 꽃순 솎아줄 때의 힘들었던 기억이 먼저 떠오른다. 어느 해인가 외할아버지께 "풍성한 나뭇가지를 왜 싹둑싹둑 자르세요?" 여쭙자 다음과 같이 말씀하셨던 기억이 아직도 귀에 쟁쟁하다.

"매서운 겨울 농한기에도 과수원에 나가 가지치기를 하는 농부의 눈에는 당장 휑하게 잘린 텅 빈 나뭇가지에 머물지 않고, 마음속에는 벌써 탐스런 열매가 주렁주렁 매달릴 한여름의 풍성한 나무를 본다." 하시며 과유불급의 이치에 관해서도 설명해 주셨다.

우리는 지구라는 큰 집에서 새, 꽃, 풀, 벌, 나무들과 함께 살아가고 있는 '공동 세입자들'이라면서 삼라만상의 모든 사물과 더불어 사이좋게 지내야 하는 공동운명체 그 이상도 이하도 아니라는 보편적 상식이 곧 농부들의 마음(農心)이라고 알 듯 모를 듯 어려운 말씀도 들려주셨다.

휴경 재배든 가지치기든 이 모든 행위는 더 빨리 달리기 위해 멈추고, 더 가득 채우기 위해 비워야 하는 자연의 섭리요 지혜일 것이다. 힘과 쉼 역시 마찬가지로 얼핏 상반돼 보이지만 실은 동전의 앞뒷면과 다르지 않다.

오늘의 현대인은 고도화한 농업기술과 과학적인 비배 관리로 춘하추동 계절조차 상관이 없는 최첨단 '스마트 팜(Smart Farm)' 시대를 구가하면서 선대의 전례들을 한낱 '옛날이야기' 정도로 폄훼할는지 모르지만, 하늘과 땅의 우주 질서에 변함이 없듯, 농부들의 농심 또한 결코 변함이 없을 것이다. 왜냐하면 우리 아버지들은 농심(農心)을 곧 천심(天心)으로 여기며 삶을 겸허히 살아내셨기 때문이다.

chapter
2

여름

카네이션

어버이날 손주가 카네이션을 가슴에 달아주었다. 내게는 분홍을 아내에게는 빨간 꽃을…. 십수 년 전엔 아들딸들이 제 짝들과 카네이션 꽃바구니를 들고 와 '내 것이 크다' 느니 '저 이들 것이 더 예쁘지요?' 하면서 온종일 웃음꽃을 피웠었다.

마냥 즐거웠던 하루해가 지나고 아이들이 떠난 다음 가지 각색의 카네이션을 크고 작은 꽃병에 나누어 꽂아 이 방 저 방 책상 위에 놓고 있으면 전에 아이들이 공부하던 모습이 떠올라 한참을 서성인다. 돌아보면 바로 어제 일만 같은데 벌써 한 세대를 뛰어넘고 있다. 그러다 문득 하고많은 꽃 중에 왜 하필 카네이션일까? 그게 궁금했다.

부러 카네이션에 대한 자료들을 찾아보았다. 이는 석죽과 에 속하는 패랭이꽃의 일종으로 주로 유럽과 아시아지역에 널리 분포돼 있으며, 꽃의 속명은 디안투스(Dianthus)로 그 리스어인 신(dios)의 꽃(anthos)에서 유래했다는 사연까지 알게 되었다. 그 옛날 야생에서 자라던 패랭이꽃의 모양과 향 기가 그리스인들에게는 천상의 꽃처럼 아름답게 느껴졌던 모 양이다. 우리나라에도 장백 패랭이, 갯 패랭이, 구름 패랭이

등 10여 종이 있는데 꽃 모양이 조선시대 민초들의 모자였던 패랭이와 닮았다고 하여 패랭이꽃이라 부르게 됐다고 한다.

지중해 연안이 원산지인 카네이션은 다른 종류에 비해 은은한 향기가 일품이어서 그리스 로마 시대에는 각종 의식에서 화관(花冠)을 만들어 사용했다. 중세에 와서 카네이션이 크게 부각된 이유는 기독교의 영향이 컸다고 한다. 십자가를 지고 가는 예수그리스도를 보며 성모 마리아가 흘린 눈물 자국에서 피어난 꽃이 곧 카네이션이라는 믿음이 널리 퍼지면서 유명 화가들이 경쟁적으로 그리기 시작했다. 레오나르도 다빈치의 〈카네이션을 든 성모 마리아〉(1478~1480)와 산치오 라파엘로의 〈카네이션의 성모〉(1506~1507) 작품이 유명하다. 그림 속의 성모 마리아가 아기 예수에게 붉은색 카네이션을 건네고 있는 모습은 매우 인상적이다.

어느 시인은 정원에 카네이션보다 더 좋은 꽃은 없다고까지 찬사를 아끼지 않고 있다. 분홍색 카네이션은 감사함을, 흰색은 행운을, 붉은색은 사랑과 정열, 노란색은 실망과 거절, 보라색은 변덕스러움의 대명사이다. 가령 감사와 사랑이 필요한 자리에는 분홍과 붉은 카네이션을 택하고, 졸업이나 새로운 도전을 앞둔 학생에게는 흰색 카네이션을 주며 조심스럽게 거절해야 할 경우는 노란색을 고르면 무난하다는 얘기다.

카네이션은 실생활에서도 많이 활용했는데 과거 민간요법에서 긴장 완화 및 해열제로 널리 쓰였고, 와인과 음료에 첨

가하기도 했으며, 프레더릭 말의 카네이션 향수와 산타마리아의 카네이션 비누가 잘 알려져 있다. 결혼식 날 신부의 장식용 부케에서도 빠지지 않지만, 가장 사랑받는 날은 어버이날과 스승의 날일 것이다.

해마다 손주들에게서 받는 카네이션을 안타깝게도 나는 내 아버지와 어머니께 달아 드려본 적이 없다. 어디 그뿐인가. …"낳으실 때 괴로움 다 잊으시고/ 진자리 마른자리 갈아 뉘시며."… 라는 노래 한 곡 들려드린 기억도 없다. 내 어릴 적 까마득한 그 시절엔 전후(戰後)의 세상이 하도 어수선하여 그럴 정황도 그럴 형편도 카네이션이라는 꽃조차도 모르고 지내왔기에 외려 헛되고 부질없는 회상이요 괜한 푸념일지 모른다. 하지만 이맘때쯤 어버이날의 카네이션을 생각하면 깊은 회한과 함께 만감이 교차한다.

그리운 어머니! 그리고 보고 싶은 아버지! 꿈결에서만이라도 꼭 한 번 뵈어요. 빨간 카네이션을 당신 가슴에 달아 드리고 싶습니다.

중공(中共) 기행

그러니까 30여 년 전 이맘때, 소련과 중공(中共)을 철의 장막과 죽의 장막으로 부르던 동서냉전 시절, 중국 땅을 처음 밟아 본 적이 있다.

'곤명세계탁구선수권대회'를 계기로 미·중 핑퐁 외교가 무르익으면서 중국에 변화가 일기 시작했고 1990년대 초 한·중 국교 정상화 직전에 임시 문화 체육 개방정책 일환으로 겁도 없이 백두산(長白山) 탐사 길에 올랐다.

대한민국 CAC(한국산악회) 원정등반대가 꾸려지고 국제산악연맹(UIAA)의 추천과 협조로 1회용 단수여권을 가지고 홍콩으로 날아가 여유사(旅遊社) 왕(王) 주임을 만나는 데까지는 순조로웠다. 그런데 죽의 장막이었던 중공의 본토 상륙 '임시통행허가증'을 받기까지는 사흘이나 걸렸다. 그때 맘 졸이며 초조하고 긴박했던 심정을 생각하면 지금도 입에 침이 마른다.

어렵사리 손에 쥔 '임시통행허가증'을 지니고 바다를 건너 본토(中共)에 상륙한 다음 트럭에 실려 끼니조차 거른 채 광주에 도착한 건 늦은 밤이었다. 불야성이었던 홍콩과 달리 대륙의 밤은 너무나 캄캄했다. 왕(王) 주임을 따라 어디론가 끌려가는 것 같은 기분이 들 땐 두렵고 무섭기까지 했다. 다음 날 새벽에야 흰죽(粥)과 단무지로 허기를 면했다. 기차에 올라 장사와 우한, 북경 경유하여 심양, 장춘, 연길까지 생전 처음 타본 중국대륙 종단 화차(汽車) 여행은 차라리 고난(苦難) 그 자체였다.

생면부지의 땅 광주에서 왕(王) 주임과 헤어질 때 그가 "호상(互相) 간에 절대 흩어지면 아니 되오!"라는 비장하기까지 했던 마지막 당부가 가슴을 철렁하게 했다. 기차가 움직이는 순간 그 말은 우리에게 새로운 다짐으로 가슴에 꽂혔다. "칙칙~ 폭폭~" 시커먼 석탄 연기를 내뿜으며 가다 서다 언제 또 출발할지 예측조차 할 수 없던 나날들, 접이식 상하 침대가 놓인 4인용 좁은 방에서 아침 해를 맞고 그 공간에서 다시 해가 지기를 200여 시간, 먹는 일보다 배설이 문제였고 잠자는 밤보다 깨어있는 낮이 더 힘들었으며 세수는 포기했으나 양치질조차 마음대로 할 수 없었던 물 사정은 너무 큰 불편이었다.

처음엔 어찌할 바를 모른 데다 속이 울렁거리는 냄새(?)로 통째 굶기를 밥 먹듯 했으나 '배고픈데 장사 없다'라던 옛말과 '먹어야 산다'라는 깨달음을 얻는 데는 이틀이 채 걸리지 않았다. 그 후 머리를 안 감아도 가렵지 않다는 사실과 속옷을 갈아입지 않아도 그냥저냥 지낼 수 있으며 차마 형언키 어려운 묘한 냄새까지 아무렇지 않게 변한 일상은 차라리 기적

(?)이었다고나 할까?

정차하는 역(驛)마다 웬 사람과 보따리들이 그리도 많은지 창문으로 기어오르는가 하면 승강구마다 아슬아슬하게 매달려 가는 사람도 많았다. 어제도 오늘도 화차(汽車)는 달리지만, 그곳이 어딘지도 자세히 모른 채 정차 시간조차 일정하지 않은 불안 속에서 잠시 플랫폼에 내려가 잡상인들로부터 찐빵이나 삶은 감자와 만두, 옥수수, 호떡 혹은 청도비루(맥주)와 고량주 등 닥치는 대로 사야 할 때는 군사작전하듯 모두가 합심하여 거사(擧事)를 치러야 했다.

히말라야 등반보다 더한 고난의 연속이었지만 세상만사 죽으란 법은 없는지 뜨거운 짜이(茶)만은 열차 안에서 2위안으로 3잔을 살 수 있어 미숫가루와 인삼 가루를 타 먹을 수 있었다. 더러는 생라면으로 시장기를 때우기도 했지만, 그 중엔 속(소)없는 호밀 빵에 고추장을 발라 먹은 기억이 꼭 꿈만 같다.

밤도 낮도 예고도 없이 불쑥 나타나 손을 내미는 완장 찬 공안(公安)원에게 지체없이 제시해야 하는 달랑 종이 한 장의 '임시통행허가증(단체비자)'은 오로지 우리를 대변해 주고 지켜주는 생명줄(?)이었다. 혹여 한 사람이라도 그들 눈앞에서 확인이 되지 않으면 전 대원이 서슬 퍼런 공안에 끌려가야 하고, 일이 그렇게 꼬이면 의사소통부터 시작해 크나큰 낭패를 당할 것이라던 홍콩의 왕(王) 주임 말이 과연 명언이었다.

땅(地球)끝까지 달릴 것만 같았던 붉은 별이 그려진 국방

(綠)색 화차(汽車) 여정이 끝나고 종착역 연길 땅을 밟으며 외친 첫마디는 이구동성 '드디어 왔다!'였다.

연길역은 흡사 군(軍) 막사와 비슷했고 때 이른 해바라기가 듬성듬성했던 역 광장으로 쏟아져 나온 사람들 속에서 우리의 행색을 금방 알아차렸는지 저만치서 손을 흔들며 아는 체를 하면서 다가온 한 남자가 "남조선에서 온 강(姜) 단장 맞습네까?" 하고는 "동무들 오시느라 욕봤소. 내래 김동철입네다." 한다.

다짜고짜 그가 건넨 우리말이 그토록 신기하고 반가울 수가 없었다. 동서남북조차 가름할 수 없었던 난생 처음의 동(東)간도 만주 길림성 연길(延吉) 땅! 과연 누가 우릴 마중해 줄까, 날마다 궁금하고 초조했었는데 단박에 우리를 알아보고 다가와 준 그가 얼마나 고마웠던지 '당신이 누구냐?'고 확인할 겨를도 없이 서로 동무가 되었다. 삼륜차에 봇짐(배낭)을 싣고 "날래날래 따라 오시라요." 앞장을 섰고 우리는 구닥다리 봉고차에 실려 뒤를 따랐다.

길가의 미루나무와 주변 풍경이 우리나라 시골 풍경과 비슷했던 신작로를 덜컹덜컹 1시간쯤 달렸을까. 그렇지 않아도 며칠 전부터 '밥 좀 먹어 봤으면…' 소원하며 굳세게 버텨온 대원들이었는데 "많이 시장들 하시갔오?" 하는 말 한마디는 귀에 번쩍 생기를 돌게 했다. 차가 멈춘 곳은 놀랍게도 '평양 개장 집'이었다. 식탁에 차려진 밥과 열무김치에 무짠지와 가지 나물무침 그리고 보신탕 한 뚝배기는 설명이 필요 없는 진

수성찬이었다. 게다가 양강도 들쭉술까지…. 아, 그 밥맛이라니 세상에나 그보다 더 좋을 순 없었다.

거리는 매우 한산한 가운데 군복차림의 사람들이 너나없이 자전거를 타고 다녔으며 군용 트럭 비슷한 자동차와 삼륜차가 가끔 보였다. 분명한 것은 홍콩 광주 무한을 거쳐 천신만고 끝에 중국에 왔건만 말씨와 차림새와 간판들이 TV에서 보았던 북한의 모습과 너무 흡사한 게 마치 북조선(北朝鮮) 땅에 온 것처럼 섬뜩하기까지 했다.

어리둥절 얼떨떨한 가운데 어디론가 다시 이동한 곳은 '이화원초대소'였다. 거기서 두 밤 자고 모레 새벽 장백산(白頭山)으로 출발한다며 '야간 외출 금지'와 "내일 아침에 올끼니…. 동무들 푹 쉬시라요." 세 마디를 남기고 사나이는 돌아갔다.

그의 봉고차 불빛마저 사라진 초대소는 희미한 보안등 서너 개가 졸고 있을 뿐 다시 칠흑 같은 어둠의 적막강산이다. "이거 어찌된 겁니까?" 얼굴이 하얘진 대원들이 물어봤지만 아무 대답도 할 수 없었다. 아니 차라리 내가 반문하고 싶었던 '말'이었다. 당혹스럽고 두렵기도 했지만 대원들에겐 태연한 척 "얼른 빨래하고 씻고 잠 좀 자자."고 했다. 초대소라는 숙소(Hotel)에 감금(?)된 신세가 불안으로 엄습해 왔지만, 머릿속에서는 계속 '김동철 그는 누구인가?' 통 잠을 이룰 수 없었다.

별난 피서

오랜만에 친구 따라 서울을 나서 도착한 경북 안동(安東), '내 고장 칠월은 청포도가 익어가는 시절'의 주인공 이육사문학관은 차라리 독립운동의 속내가 더 짙게 배어있었다.

친구 덕분에 고맙게도 병산서원의 하기 특별수련캠프에 동참할 수 있어 2박3일을 묵었다. 서원(書院)은 조선시대 양반들을 위한 사설 교육기관으로 잠시 그 시절의 유성룡 대감을 떠올리며 조선의 사상, 문화, 예술 등을 화두로 밤늦게까지 열띤 토론을 벌이기도 했다. 입으로만 떠벌려오던 선비정신과 우리의 전통문화에 대한 올곧은 가치와 정의를 새삼 깨우칠 수 있었던 소중한 시간이었다.

수련회를 마치고 전통 양반가 하회마을을 둘러본 다음 탈춤 마당극도 보았다. 태평소를 앞세운 쇠, 징, 장구, 북, 소고패가 신명 나게 굿판을 열어젖히니 뒤따라 여러 모습의 탈을 쓴 각시, 할멈, 땡중, 포수, 백정, 먹중이가 등장해 양반을 놀리면서 푸지게 판을 이끈다. 관객들까지 하나 되어 "얼~쑤~" 다 함께 화합(大同)을 외친 피날레는 우리 민속예술의 멋이요 향기였다. 그래서일까 이곳 하회탈춤이 팔만대장경,

석굴암, 판소리, 농악, 아리랑 등에 이어 UNESCO 세계문화유산으로 등재되었다고 한다.

예인들은 재능을 타고난 특별한 사람들 인줄 알았는데 국립국악원을 다니면서 같은 태생(胎生)임을 뒤늦게 알았다. 국악 기초반을 마치고 나서 뜻한 바 있어 남원국립국악원으로 유학(?)해 청년들도 힘들어 망설인다는 지리산 '산(山) 공부'까지 이수하며 결코 될 것 같지 않던 '갠지개쇠 가락'이 어느 순간 절로 풀렸을 때의 희열(喜悅)을 생각하면 지금도 전율이 인다.

강산(江山)이 두어 번 바뀌는 동안 서울시교육청 재능기부 강사로 봉사하며 상하이, 연변, 토론토, 시드니, 베를린 등 해외동포를 위한 국악 위문공연까지 다녀온 건 잊을 수 없는 큰 보람이다.

조용하던 하회마을에 웬일일까? 아니 "니들이 거기서 왜 나와?" 전북(全北)에서 열리는 새만금 잼버리 현장에 있어야 할 세계 청소년 스카우트 대원들이 탈춤 공연장으로 대거 입장하는 게 아닌가. 엄청났던 A급 태풍 '카눈'의 한반도 상륙으로 행사가 파행되면서 각 나라별 희망과 선택에 따라 이곳까지 애써 찾아온 것이라고 한다.

난데없이 맞닥트린 영국과 네덜란드 잼버리 대원들, 순간 20여 년 전의 강원도(江原道) 고성 잼버리대회가 오버랩되면서 그때 스카우트 지도자로 함께 동고동락했던 옛 기억들이 주마등처럼 스치며 귀경(歸京) 일정을 미룬 채 그들의 도우미를 자청, 재(再)입장을 했다.

탈춤의 유래 및 우리나라 민속 문화 예술의 특성과 가치를 통역으로 중개하며 기본 동작과 춤사위를 몸으로 익히면서 KOREA를 배워 보려는 희고 검고 노란 세계의 청소년들이 너무 기특해 날이 저무는 줄도 모르고 함께 어울렸다. 땀을 뻘뻘 흘리며 깜빡이던 파란 눈망울들이 모든 시름을 다 날려 주었다.

요즘 들어 외신을 통해 "한국을 배우자"라는 이야기를 많이 듣는다. 해방, 전쟁, 분단 등 혼란과 가난으로 점철됐던 나라가 불과 수십 년 만에 OECD 선진국 반열에 올랐으니 그럴 만도 하겠지만 그게 꼭 경제력만은 아닌 것 같다. 오히려 K-컬쳐를 비롯한 문화 예술의 힘이 더 큰 비중이었을지도 모른다. 그럼에도 불구하고 국악 분야가 아직껏 목마른 수준에 머무르고 있는 것은 일반대중의 '무관심'이 아닌가 싶어 안타까움이 크다.

음악공연 티켓 판매에서 국악(國樂) 공연이 차지하는 비율이 고작 3~5%에 불과하고 나머지는 다 외래(外來)문물이라는 게 믿기지 않지만 엄연한 현실이다. 공연예술만이 그런 게 아니라 미술, 조각, 무용, 회화, 연극 등 모두가 그렇다고 한다.

유구한 역사의 우리 전통과 민속예술이야말로 길이 보전해야 할 자랑스러운 세계 인류 문화유산이 아니던가. 몇 해 전 이곳을 방문했던 영국 엘리자베스 여왕이 남긴 'Wonderful

Korea'의 속 깊은 여운이 아직도 수많은 국내외 언론과 방문객들의 관심을 받고 있는 것은 무슨 까닭일까. 동서고금을 통틀어 세계사에 빛나는 문명국들이 보여준 민족문화에 대한 자긍심이 얼마나 대단한지는 두말할 나위가 없다.

내 것을 아끼고 스스로 사랑하지 않으면 그 누가 우리를 우러를 것인가.

나마스떼

    히말라야의 네팔(Nepal) 셀파족은 대부분 해발 2,500m 언저리에 마을을 이루며 대를 이어 살고 있다. 우리나라 백두산 높이쯤이다. 10년 만에 다시 찾은 루클라(Lukla 2,850m)는 예나 지금이나 전혀 달라진 것이 없는 게 신기하기까지 했다. 옛 그대로 살아가고 있는 모습이 외려 정겹고 더 믿음직스러웠다.

    전에도 묵었던 초모랑마 롯지(게스트하우스)는 10년 전 그때 그 자리에 그 모습으로 있어 금방 찾을 수 있었다. 덥수룩한 수염이 인상적이었던 주인장 노르게이가 자리에서 일어나 잠깐 눈망울을 껌뻑이더니 와락 손목을 잡아당기며 '오우 CAC 캡틴 미스타루～캉' 하는 게 아닌가. 순간 당황한 건 그쪽보다 나 자신이었다. '아, 사람이 사람을 기억한다는 게 바로 이런 기쁨인가.

    아, 인간이 존재한다는 게 이런 것일까' 마당에서 놀던 아이들이 몰려와 빤히 쳐다본다. 노르게이의 손주와 그 동무들이라고 하여 연필과 공책을 선물하고 "나마스떼(Namaste 안녕)" 입(볼)맞춤도 해 주었다.

등산복이 아닌 너무 단출한 내 행색이 영 궁금했는지 그는 "배낭 어디 있느냐?"고 재차 물었다. "그냥 친구 보고 싶고, 히말라야의 설산(雪山)이 너무 그리워 왔다."는 내 말에 그제야 고개를 끄덕이고는 두 어깨를 끌어안으며 "잘 왔다. 궁금했었다 맘껏 놀다 가라."고 했다. 고소병이 걱정스러우니 물 많이 마시고 우선 안정을 취하라며 숙소를 배정해 주었다. 고마운 산(山) 친구의 우정을 이불 삼아 이내 꿈나라로 깊이 빠져들었다.

다음날부터 에베레스트(8,848m)를 오르려는 사람과 혹은 내려오는 산꾼들과 짜이(茶)를 나누면서 그들의 루트를 함께 더듬으며 생사기로의 절체절명에 빠져 덩달아 허우적거리기도 하고, 때때로 어슬렁어슬렁 동네 사람들과 얘기 나누고, 학교에 가 아이들 공부하는 모습도 보면서 떠도는 구름과 만년설도 실컷 눈에 담아 보았다.

그런데 올망졸망한 돌담집 안에 가녀린 꽃들이 눈에 띈 건 전혀 뜻밖이었다. 이 산간 고지에 웬 꽃일까? 더구나 그 꽃들은 화분이 아닌 비닐봉지에 담겨 매달려 있는 게 아닌가? 꽃이라고 해야 이름 모를 꼬마 산야초로 그것도 여름 한철 잠깐 볼 수 있으련만 그걸 집안에 들여놓고 함께 살아가다니 내심 놀라운 일이었다.

비록 물질적으로 가진 건 적어도 아름다움을 가꾸며 살아가고 있는 그들의 예쁜 꽃향기가 지금도 코끝에서 맴돈다.

우리와 비교하면 이들은 너무나 열악한 환경에서 살아가고 있다. 성인 남자 하루 임금이 우리 돈으로 약 2,000원에 여성은 그나마 절반 수준이라면서도 그러나 집이 있고 가족이 있어 행복하다고 대꾸해 내가 오히려 민망하고 머쓱했다. 그도 그럴 것이 세간과 의복은 매우 남루했으나 그들의 까만 눈동자는 우리보다 훨씬 맑고 선했으며 더없이 편안해 보였다. 이들의 행복은 물질에 앞서 인간과 자연, 가족과 친지, 이웃과 우정에 있음을 곰곰이 되새겨 본다.

문명사회의 현대인들은 대량생산 대량소비를 지향하며 넘쳐나는 쓰레기로 자연환경이 파괴되고, 교통체증과 온갖 소음으로 스트레스가 쌓이면서 마음마저 날로 팍팍해지고 있는 건 아닌지 뒤를 돌아보게 한다.

내 어릴 적만 해도 '나눠 쓰고, 고쳐 쓰고, 다시 쓰자'를 미덕으로 알았고, 인정(人情)을 삶의 전부인 양 여기며 살아오지 않았던가. 그리 머지않은 바로 이 시대의 어제 일이다.

루클라는 이 나라의 수도이자 관문인 카트만두에서 소형비행기로 약 50여 분, 공항 이름은 뜻밖에도 '덴징 힐러리 공항(Tenzing Hillary Airport)'이다. 최초로 에베레스트 정상에 오른 셀파 덴징과 에드먼드 힐러리경(卿)이 등정을 준비하며 머물렀던 마을이라 하여 이를 기리기 위해서라고 한다. 해발 2,800m 산기슭을 깎아 활주로(폭 30m, 길이 527m) 하나를 겨우 깔아 놓고 15~17인승 경비행기가 간신히 이착륙할 수 있어 지구상에서 위험도가 가장 높은 공항으로도 알려져 있다.

'하얀 눈의 여신' 초모랑마 산(山)친구 노르게이와 헤어지며 무언의 포옹으로 나는 마지막 인사말 '나마스떼(namaste 신의 가호가 그대에게…)'

　드디어 꼬마 비행기가 이륙하려나 보다. 힘겹게 돌아가는 프로펠러의 굉음과 덜컹거리는 진동에 삐걱대던 소음 등 긴장의 연속이었음에도 착륙도 이륙도 무탈(?)했던 걸 생각하면 기적이 따로 없음을 온몸으로 실감했던 잊을 수 없는 순간들!

　전설의 수미산 카일라스, 만년설을 머리에 인 지구의 지붕, '사가르마타 여신'께 오직 감사할 뿐 '옴 마니 반메 훔'이다.

만해(卍海)축전

　2024년 제28회 만해축전에서 서강대 안선재(82. 앤서니 그레이엄) 명예 교수가 문예대상을 수상했다. 그는 영국 옥스퍼드(60학번) 출신 수사(修士)로 1980년 고(故) 김수환 추기경의 안내로 한국에 온 귀화인이다.

　『님의 침묵』을 『The Silence of the Beloved』으로 번역하는 등 시집 60권과 소설 70여 권을 영어로 번역해 세계 문단에 홍보함으로 한국문학의 국제적 위상을 고양시킨 공적이 높이 평가되었다고 한다. 참으로 고맙고 대견스러운 위업이 아닐 수 없다.

　만해축전과의 오랜 인연 중 재작년의 강원도 인제 나들이를 잊을 수가 없다. 더위가 한창이던 8월 12일 인제 읍내 하늘내린센터에서 제26회 시상식이 있었다. 설악산 신흥사 주지 스님과 강원도지사, 인제군수 등 지역 인사 200여 명과 동국대 총장, 조선일보 고문, 전 예술원 회장을 비롯하여 서울에서 달려간 300여 명의 문인이 참여했다.

　그런데 뜻밖에도 평화 대상이 일본인(日本人)에게 수여된 것은 충격(?)이었다.

수상자 우쓰미 아이코(內海愛子, 81) 씨의 이력은 매우 남달랐다. 수상소감을 말할 땐 그간의 각고에 목이 메는 듯 잠깐씩 침묵이 흐르기도 했다.

　그는 대학 시절 인도네시아에서 유학했는데 이역만리 그곳에서까지 일본 군무원으로 와있던 조선인들이 항일 독립운동에 앞장섰던 사실에 충격이 컸으며 그의 삶에 큰 변화를 주었다고 했다.

　그는 학업을 마칠 때까지 일본은 평화 헌법 아래 평화로운 나라인 줄만 알았는데 일본이 전범국(戰犯國)이라는 사실에 깊이 고뇌하게 되었고 한일(韓日)문제에 관심을 두기 시작했다. 지금도 일본 사회에서 부당한 대우를 받는 조선인 문제에 관하여 일본이 개선하려고 노력하지 않는 건 '일본인의 수치'라고 힘주어 말했다.

　일본어 번역본으로 만해(卍海)의 전기와 작품들을 탐독했다는 우쓰미 아이코(게이센 여학원 대학) 명예 교수는 한·일 양국에서 무관심했던 조선인 B·C급 전범의 존재를 새롭게 발굴한 학자로서 태평양전쟁의 침략성을 조명하고 조선인 차별에 맞서 전후 한·일 보상 문제에도 앞장서 온 공(功) 또한 남다른 분으로 향후 만해 선생의 애국 애족 독립 정신의 올곧음이 많은 조선인에게 다양한 형태로 계승되었다는 사실을 널리 알리는 데 더욱 노력하겠다는 수상소감으로 큰 박수를 받았다.

　자리를 옮겨 용대리 만해마을을 둘러보고 이어 백담사에

이르기까지 많은 이야기를 나누는 동안 모두는 마치 독립운동가라도 된 양 너나없이 진지했다. 1919년 3·1운동 후 고단한 생활을 하던 한용운(韓龍雲 1879~1944)에게 고당 조만식 선생과 조선일보 계초 방응모 사장 등이 앞장서서 서울 성북동에 거처를 마련해 주었는데 '조선총독부 쪽은 바라보기조차 싫다'라는 그의 고집에 북향집을 짓고 잃어버린 나의 본성을 찾는다는 뜻으로 당호까지 '심우장(尋牛莊 사적 제550호)'이라 걸었다고 한다.

만해는 그후 1935년 4月부터 이듬해 봄까지 중국을 배경으로 일제에 항거하는 민족의식을 일깨우고 독립투쟁을 고취하려는 내용의 장편소설 『흑풍(黑風)』을 조선일보에 연재하였는데 신문 구독자가 일만여 명이나 늘었다고 한다. 1940년 8月 10日 조선총독부령(令)으로 조선일보는 폐간되었고, 4년 뒤 1944년 6月 29日 그는 조국의 광복을 보지 못한 채 영면의 길을 떠났다.

문인(文人)이라면 누구나 문학기행이나 문학상 시상식에 각별한 의미를 갖는다. 일반적인 문학상이 아닌 일제 침탈의 식민지 시대를 살았던 한용운 선생의 유지를 기리는 '만해(卍海)대상 시상식'이기에 그 의미는 더욱 각별하지 않을 수 없다. 얄궂은 코로나19 팬데믹을 겨우 벗어나 오랜만에 각계의 선후배 및 문우들과 함께했던 그날 장장하일(長長夏日)조차 짧기만 했다.

님은 갔습니다/ 아아 사랑하는 나의 님은 갔습니다/ 푸른 산 빛을 깨치고 단풍나무 숲을 향하여 난/ 작은 길을 걸어서 차마 떨치고 갔습니다/ … 우리는 만날 때에 떠날 것을 염려하는 것과 같이/ 떠날 때에 다시 만날 것을 믿습니다/ 아아 님은 갔지마는/ 나는 님을 보내지 아니하였습니다 ….

'님만 님이 아니라, 기룬 것은 다 님'이라고 했던가.

태권도와 택견

'PARIS 2024 하계올림픽'이 세느강(江)을 따라 선수들이 배를 타고 입장하는 이변을 연출하면서 막이 올랐다. 고맙게도 스포츠의 열기와 날아드는 승전보가 열대야를 청량한 밤으로 바꿔주었다.

우리의 'Team KOREA' 선수단 또한 전례 없이 MZ세대를 앞세운 소수정예로 선전한 결과 올림픽 출전 사상 최고의 성적인 금메달 13개로 세계랭킹 8위의 쾌거를 거두었다. 양궁이 올림픽 10연패를 거두는 사이 북경 대회 이후 16년 동안 금메달 하나 없어 부끄러웠던 태권도(跆拳道)에서도 드디어 20대 초반의 박태준(男)과 김유진(女)이 각각 시상대 가장 높은 자리에 올라 태극기를 휘날리고 애국가를 들려주었다. 태권도 종주국으로서 눈물겨운 감동이었다.

8·15광복 이후 새로운 패러다임으로 국기(國技)에 오른 '태권도'는 한민족이 즐겨온 고유의 무예였던 '태견'으로 거슬러 오른다. 택견은 예로부터 씨름, 고싸움과 함께 백성들의 신나는 놀이 문화였다. 강이 흐르고 구름이 떠도는 자연의 형상처럼 춤을 추듯 능청거리는 품 밟기와 발질, 손질, 활갯짓

등이 택견의 기본 구성 요소다. 겨루기를 위한 유연하고도 탄력적인 몸짓은 살상의 기술이 아니라 오로지 활법(活法) 그 자체였다.

중학생 때 택견을 조금 배워 본 경험이 있으나 도복(道服)이었던 핫바지와 저고리가 마음에 들지 않아 그만 두었다. 그러고는 태권도 청도관을 다녔다. 승급 심사를 거치며 청띠, 홍띠로 급수가 올라가면서 학교에 남아 자습합네 하고는 숨겨놓은 도복을 챙겨 체육관으로 달려가기도 했다.

아무런 보호장치 없이 맨몸으로 자신을 방어하고 상대를 제압하는 태권도 수련을 통해 당당함과 의연함을 익혔고 철저한 규범 아래 예(禮)와 도(道)를 쌓는 미덕도 자연스럽게 터득했지 싶다.

고교 시절 3단 옆차기와 공중제비돌기에 빨강 벽돌격파까지 해내고 유단자가 되어 태극기가 새겨진 검정 띠를 부상으로 받았을 땐 국가대표라도 된 듯 의기양양했었다. 그리고 서울로 대학 진학한 후 세상이 모두 내 것인 양 잠시 거들먹거려 봤던 치기 어린 기억들이 오늘따라 새삼 고소를 금치 못하게 한다.

대한민국의 국기인 태권도가 88서울올림픽을 계기로 1992년 바르셀로나올림픽 시범 종목을 거쳐 2000년 시드니올림픽부터 정식종목으로 채택됨으로써 국제공인 스포츠가 되어 세계를 향해 큰 날갯짓으로 기(氣)를 펴고 있음은 매우 자랑스러운 일이다.

서양인들의 여가생활은 대개가 개인적인 성향이 짙다. 그러나 태권도는 사범과 제자 사이의 위계질서라든가 단체로 움직이는 고된 수련 및 국기에 대한 경례와 상호인사하기 등 의례와 수련 과정에 집단적인 면이 많다. 서구사회의 파편화된 개인적 사고가 그런 낯선 점들을 은근히 흠모(?)한 것은 아니었나 싶기도 하다.

태권도는 이제 심신 수련을 통해 자기완성의 가치를 높일 수 있는 스포츠로 공인되어 191개 수교국을 넘어 지구촌 203개국에서 2억여 명이 수련하고 있다니 문명사적 기록이 아닐 수 없다. 그리고 보면 1972년 LA 진출 이후 90년대의 K-뷰티나 2천 년대의 K-pop과 최근의 BTS보다 앞서 한국을 세계에 빛낸 한류 원조인 셈이다.

태권도는 공격적이면서도 상대방에게 상해를 입히지 않기 때문에 쌍방의 공존과 배려가 수련의 제1 목표다. 또한 포효하는 기합 소리와 복식호흡은 저절로 아랫배에 기를 불어넣어 생명력을 보양시켜 준다.

따라서 품세, 격파, 겨루기 등의 수련에서 얻는 심신 단련과 인내심, 자아 완성의 단계야말로 태권도의 본질임은 이미 세계 스포츠계가 인정하고 있다.

얼마 전 태권도의 모태인 '택견'이 중국의 '쿵푸'와 일본의 '가라테'를 제치고 UNESCO 세계 인류 문화유산으로 선정된 것은 한국 전통 무예의 가치와 우수성이 지구촌 스포츠계에 공인된 결과이다. 더 나아가 무술 분야로서 인류무형문화유산에 선정됐다는 것은 유네스코 사상 최초의 일이라 그 의미가 더욱 크다.

태권도는 이제 세계인들이 함께 공유하고 보존하며 가꿔나가야 할 인류 문화유산이 되었다. 참으로 장한 우리나라 전통 무예의 뿌리요 바탕이었던 택견이 태권도의 모체(母體)라는 데 새삼 자부심과 긍지를 느낀다.

학창 시절 태권도를 통해 태극 마크가 선명한 '검정 띠'를 허리에 맸던 그때의 감격이 요즘 들어 이토록 자랑스러울 수가 없다. 오래도록 간직하고 싶은 젊은 날의 추억이다.

광장

　서울 한복판의 광화문광장은 언제나 즐겨 찾던 너른 공간이었다. 직장인에게는 여유와 낭만을, 청소년에게는 문화 예술을 그리고 어린이들에게는 신나는 놀이 공간이었다.

　그런데 시도 때도 없는 시위대들이 난무하면서 시민들과 거리가 멀어졌다. 다행스럽게도 올여름 전혀 새로운 모습으로 재개장을 했다. 나무와 그늘 공간이 넓어진 '도시공원' 같아 반가웠다.

　광장(廣場)은 스스로 정체성을 갖기보다 그곳을 오가는 사람들에 의해 정의된다. 그래서 광장을 그 나라의 얼굴이라고도 부른다. 모스크바의 붉은 광장이나 파리의 콩코드광장, 멕시코시티의 소깔로 광장처럼….

　광화문 일대도 조선 시대는 육조 거리로 장작이나 솔가지 등 땔나무 장이 섰던 광장이었다. 그런데 백여 년 전 일제에 의해 그 모든 것, 아니 나라마저 송두리째 빼앗겼다. 일제가 경복궁 앞마당에 총독부 청사를 지으면서 정문이었던 광화문마저 슬그머니 자취를 감췄었다.

　역사에서 그런 일들은 어느 날 갑자기 일어나지 않는다.

1905년 을사늑약 이후 대한제국은 이미 껍데기뿐이었지만 냉정히 말하면 임오군란이나 갑신정변 등에서 여러모로 주변 국들의 '눈독과 입김' 대상이었다. 그러한 시대의 흐름을 역사적 혜안으로 통찰하지 못하면 결정적인 순간 국가마저 맥없이 무너지고 만다.

한 나라의 주권이 바뀐다는 것은 천지개벽 못지않다. 생각하기조차 부끄러운 경술국치(國恥), "대한제국의 황제 폐하는 나라의 통치권을 완전히 또 영구히 일본 황제 폐하에게 양위하고 …." 그렇게 시작된 한일병탄조약으로 이 땅은 1910년 일본의 식민지가 되었다.

그 후 일제의 총독정치는 반만년의 우리 역사를 마구 짓밟으며 조선의 맥이 성성한 왕가가 풍비박산되었다. 고종의 아들 황태자 영왕은 11살에 일본으로 끌려가 왕실 약혼녀(민갑완) 대신 일본 황녀(이방자)와 정략적 혼인을 했고, 평생을 볼모 신세로 지내다가 노인이 돼서야 들것에 누운 중환자로 돌아와 겨우 이 땅에서 생을 마쳤다.

고종의 외동딸 덕혜옹주 또한 소학교 어린 나이에 대마도로 끌려가 그곳 하급 영주인 도주와 결혼했으나 훗날 정신병자 신세가 되고 말았다. 또 세간에서 '비둘기 집'이란 노래를 불러 가수로도 활동했던 11번째 아들 이석은 오랜 유랑 끝에 홀로 남아 전주이씨(全州李氏) 문중의 도움으로 '경기전'을 지키는 노인이 되었다.

하지만 우리는 그간의 망국 설움을 건국의 기틀로, 동족상

잔의 아픔은 경제 대국을 향한 정신적 에너지로, 4·19혁명의 젊은 피는 자유 민주 국가건설의 원동력으로 한민족의 저력에 불을 지폈고 드디어 지구촌 경제 강국의 반열에 올라섰다. 그러나 아직도 북측의 핵 문제를 비롯한 주변국과 국제정세는 우리를 편케 놓아두지 않고 있다.

이런 엄중한 현실 앞에 우리는 지금 "100여 년 전과 닮은 점들이 많다."라고 우려의 목소리가 높다. 보수와 진보의 진영논리로 인한 갈등은 물론 어린 학생들까지 볼모로 한 양극화의 이념 교육 현장이 그렇고, 자기 집단의 방어라면 국가안보까지도 갈라치는 정국의 꼴불견(?)이야말로 과연 누구를 위한 우국충정인지 우울하게 하고 있다.

100년이라면 적지 않은 세월이지만 그러나 그 시간이 그리 멀지만은 않다. 왜냐하면 지금 지나간 100년을 한순간에 되짚어 보고 있듯이 후손들 또한 오늘로부터의 100년을 순식간에 역산(逆算)해 볼 것이기 때문이다.

오랜만에 활짝 열린 광화문 안으로 들어가 보았다. 잃어버린 역사를 되찾기 위해 문화재청에서 30년 복원 공사를 마쳤는데도 아직 절반 이상이 빈터로 남아있어 마음을 아프게 한다. 조선의 정궁 경복궁, 허허로운 대궐을 그나마 장중한 위엄으로 버티고 선 근정전 누대가 오늘따라 하늘만큼 높아 보인다.

경복궁 북문도 열려있고 길 건너 옛 청와대 정문도 "시민 여러분 어서 오세요" 활짝 열려있다. 꿈만 같은 오늘, 북악산까지 올라가도 발걸음이 가벼울 것 같다.

긴긴 세월 조국(祖國)의 명운과 애환을 품어 안고도 한마디 말이 없는 저 넓은 광장, 앞으로 100년 후 한반도는 어떻게 변할 것이며 광장에는 어떤 사람들이 모여 무슨 이야기를 나누며 어떤 삶을 영위할까.

어진 백성을 어여삐 보듬어 세세연년 무궁할 광화문광장, 우리의 자랑스러운 얼굴 광화문광장!

가깝고도 먼 나라

2024년 8월 23일 9시 종합뉴스, '고시엔(甲子園)의 기적' 자막과 함께 '가깝고도 먼 나라'에서 날아든 속보가 눈길을 끈다.

일본 고교 야구대회에서 재일한국학교인 교토국제고가 연장전 사투 끝에 우승했다. 시상식에서 한국어 교가(校歌)가 NHK-TV 중계로 일본열도에 생방송되었다. 일본 고교 야구팀은 줄잡아 3천800여 개, 그들이 전국 47개 지자체별 경선을 거쳐 1등만 본선에 올라 결승전을 치르는 곳이 바로 야구의 성지 고시엔 야구장으로 106년 역사상 최초의 재일한국학교 우승이라니….

재일한국인이 아직도 조센진(朝鮮人)이라 불리는 현실에서 응원석에 태극기가 휘날리고 또렷한 한국어 교가가 그라운드에 울려 퍼졌으니 일본인들의 처지에선 경기(驚氣)가 날 일이 아니었을까 짐작해 본다. 이 학교는 민족교육을 위해 재일 교민들의 사재로 1947년에 설립한 조선중학교가 모체이다. 1958년 교토한국학원으로 재편해 우리 정부의 인가를 받은 전교생 170명 정도의 작은 규모다. 1999년에 창단한 야구부가 고교야구를 제패하다니 감격 그 이상이다.

너무 놀라운 뉴스의 충격 때문일까. 오래전 오사카에 갔을 때의 추억이 꼬리에 꼬리를 문다. 일본 야구의 성지 효고현 니시노 미야시 고시엔 야구장을 찾아가 흙 한 줌 가져왔던 기억도 생생히 떠오른다. 그때 히로시마까지 들러 원폭기념관에서 핵무기 사용의 참상이라는 홍보 영상도 보았는데 아비규환과 인류의 종말이라는 느낌을 받았다. '조선인 원폭피해 자위령비' 앞에서 한참을 서성였다.

올봄 한일 양국이 셔틀 외교를 복원하면서 기시다 일본 총리가 윤 대통령을 초청해 조선인위령비에 헌화하고 함께 고개 숙였던 뉴스의 현장도 그곳이었다.

그날 히로시마 세계 평화성당 미사 봉헌 중에 야마모토(요셉) 신부가 강론 말미에 "일본의 조선 식민지지배는 잘못된 일이며 이에 깊이 사과하고 용서를 청한다."고 하여 잠깐 귀를 의심도 하였으나 진정성이 와 닿은 순간 미사에 동참했던 동포들과 한마음으로 감사기도를 했다.

내친김에 시모노세키까지 갔었다. 1960~70년대의 한·일간 왕래는 연락선 '부관훼리'를 이용해 부산(釜山)에서 저녁때 승선하면 다음 날 아침 시모노세키(下關)에 닿았다. 조선시대 '조선통신사'가 현해탄을 건너 첫발을 디딘 곳도 시모노세키였고, 60여 년 전 이곳을 방문한 김종필 총리를 환영하며 세운 '조선통신사 상륙 기념비'도 거기 있다.

버킷리스트 중 하나였던 아카마 신궁(神宮)도 방문을

했다. 임진왜란과 정유재란 때 붙잡혀온 조선 백성을 구출하기 위하여 1604년 일본에 온 사명대사가 아카마 신궁에서 저들과 담판을 벌인 곳이다. 그런 연유로 조선통신사들에게 신궁을 숙소로 내주었다는데 이는 통신사 일행을 일본 왕실이 얼마나 최상의 예우로 대했는지를 짐작하게 한다.

1945년 제2차 세계대전이 끝나고 미처 고국으로 돌아가지 못한 조선인들의 집단촌이 있다 하여 일부러 찾아간 동네엔 노인들만 가끔 보였는데 이름이 '똥굴동네'라고 해 깜짝 놀랐다. 왜 하필 똥굴일까.

일본인들이 조선인을 차별하여 하수 시설도 없는 변두리로 내치고 겨우 분뇨처리장, 화장터, 도축장, 형무소 등에서 일하는 노동자라고 천대하여 그리 불렀다고 한다. '아무렴 세상에나 이럴 수가…?'

그렇듯 멸시와 차별을 받으며 살아가던 동포들에게 1960년대의 북조선 이주대책 '북송선(北送船) 공작'은 새로운 삶으로의 탈출구라는 선전으로 많은 사람이 만경봉호를 탔다. 당시 북한으로 떠난 동포가 무려 10만여 명이나 되었다고 한다.

현지의 실상을 전혀 몰랐던 동포들이 함경도와 평안도에서 겪은 공산 치하의 참혹했던 실상들은 그 후 탈북자들의 양심 고백을 통해 이미 잘 알려진 '가깝고도 먼 나라'의 슬픈 과거사이다.

일본 NHK가 생중계한 교토국제고의 우리말 교가를 듣고 또 들어본다.

　동해(東海)바다 건너서/ 야마토(大和) 땅은/ 거룩한 우리 조상/ 옛적 꿈자리/ 아침저녁 몸과 덕(德) 닦는 우리의/ 정다운 보금자리/ 한국(韓國)의 학원

우리말의 울림이 저토록 클 줄이야!

장하고 장하다. 재일교토국제고. 미래 희망 재일동포 청소년들의 쾌거에 뜨거운 박수를!

그대들이여, 날아라~ 힘차게~ 하늘 높이!

봄, 여~름, 갈, 겨울

　초목이 어우러지면 숲이 되고 그 숲은 물을 가두며 새들을
보듬는다. 그게 자연이고 거기 깃들어 사는 사람도 또한 자연
이다. 서울이 답답하여 몇 해 전 일산으로 이사를 했다.

　넓은 호수와 늘 푸른 뒷동산이 있어 창문을 열면 솔숲 사이
로 스쳐오는 초록 바람이 그렇게 시원할 수가 없다. 새소리에
아침을 맞이하고 선풍기 몇 번 돌리며 첫해 여름을 보내고는
거실의 에어컨을 괜히 설치했나 했었다. 그런데 갈수록 더 덥
더니 올여름은 달라도 너무 달랐다.

　초여름부터 섭씨 30도를 웃돌며 열대야까지 몰고 왔다. 외
신들은 이탈리아 북부 알프스의 마르몰리다(3,343m) 빙하가
붕괴되어 7명이 숨지고 16명이 실종됐다고 한다. 빙하 규모
가 1954년 9,500만m2에서 최근 1,400만m2로 85%나 급감
해 일어난 참변이라며 기후변화에 대한 인식이 관념적 수준
에 머물러서는 안 된다고 경고하고 있다.

　빙하(氷河)는 오랜 세월과 자연이 만들어낸 결과물로 남극
과 그린란드를 덮은 대륙 빙하는 그 두께가 평균 2,000m로
123층 잠실 롯데월드(555m)의 4배나 되는 얼음층이다. 지구

상의 담수 70%는 빙하가, 29%는 지하수가, 나머지 1%정도만 호수나 강, 늪지 등의 지표수가 감당한다고 한다.

그러고 보니 네팔(Nepal)관광청이 히말라야의 쿰부 빙하에 있는 베이스캠프(5,364m)를 왜 또 옮겼으며, 날로 개체수가 줄어들고 있는 북극곰을 왜 지켜야 하는지 이제 조금 알 것 같다.

삼복 때는 일일 최고기온이 기어이 사람의 체온에 육박하며 온열 질환 사망자가 속출하는 등 안타까운 뉴스까지 이어졌다. 하루 중 수은주가 가장 낮아야 할 새벽 기온조차 섭씨 25도를 웃도는 열대야가 추석(秋夕) 때까지 이어지다니 가공할 일이다. 오키나와에서 밀어 올린 제9호 '종다리'와 10호 태풍 '산산'까지 한반도를 훑고 지나갔음에도 이글대는 폭염은 기세등등 식을 줄을 모른다. 그동안 나는 에어컨 바람을 싫어하는 줄 알았는데 올해 새롭게 깨달았다. 그게 아니라는 것을….

몇 년 전까지만 해도 경북 청도 복숭아가 강원 춘천에서 재배되고 대구 능금이 대관령에서 익어갈 거라고는 상상도 못 했었다. 그게 바로 지구온난화 현상이라는데 이는 삼림(森林)의 무분별한 벌목과 이산화탄소 가스 배출량이 급증했기 때문으로 기후변화에 가장 민감한 농업생태계가 변한 건 당연한 인과응보라는 게 학계의 주장이다.

급기야 UN이 나섰고 어렵사리 '파리기후협정'을 이끌어내기는 하였으나 그 해석과 실행은 나라마다 입장과 주장을 달리하고 있어 난관에 봉착해 있다고 한다.

만약 파리기후협정을 성실히 이행하지 않고 아마존밀림까지 더 줄어든다면 2100년쯤 지구 대재앙을 면치 못할 거라는 게 전문가들의 경고다. 먼 옛날 지구상의 무릇 생명이 종말을 고한 적도 있었으나 그건 자연현상이었고 다시 새롭게 번성했다. 그런데 지금의 상황은 전혀 다르다. 지구온난화로 생태계의 심각한 위기를 예측하면서도 계속 그 길로 빠져들고 있는 오늘의 현실은 자연에 대한 경외심을 저버린, 어리석은 인간의 업보라 할 수밖에 없다. 지구를 달구고 있는 건 탄소배출보다 더 심각한 인간의 탐욕이 아닐까.

지금이라도 하늘과 땅에 더 이상의 스트레스를 주어선 아니 될 일이다. 미래세대에게 건강한 지구를 물려주고 그들의 온전한 삶을 위하여 한 그루 나무를 심고 흙, 물, 풀, 벌, 새들과 동무하면서 지구 생명체를 진정시켜야 한다. 자연의 섭리를 되새겨야 할 이유가 그래서 더욱 절실하고 엄중한 오늘이다. 무심코 지나쳤던 노랫말이 자꾸만 가슴을 저민다.

우리는 지구를 사랑해/ 우리들의 집이니까.

(We love the Earth it is our home).

chapter 3

가을

독일에서 온 편지

　오랜만에 편지 한 통을 받았다. '파독(派獨) 광부 60년' 기념행사 사진과 함께 독일 친구가 보낸 것으로 그간의 안부와 노년을 맞은 삶의 소회가 진하게 묻어있었다.

　60년 전 독일로 떠났던 광부(鑛夫) 1진을 비롯한 생존 광부와 간호사들, 그리고 우리 교민 500여 명이 참석한 기념식에 나다니엘 리민스키(NRW) 주(州) 장관과 율리아 야콥 에센스 시장이 참석하여 "여러분들의 헌신에 감사하며 한국인 2세와 3세들은 고등교육을 받고 독일 사회에 성공적으로 통합돼 오늘날 타(他) 이민자들의 모범이 되고 있어 매우 기쁘다"라며 축사를 했다.

　윤(尹) 대통령도 주(駐) 독일대사(김홍균)가 대독한 메시지에서 "여러분들이 보여준 열정은 오늘날 대한민국의 번영과 발전에 소중한 밑거름이 됐다. 노고와 헌신에 깊은 감사와 경의를 표한다."고 했다.

　이에 참석자들이 '글뤽 아우프~!'를 크게 외치며 기립박수로 화답했다고 한다. 글뤽 아우프(Gluck auf)란 독일어로 '무사히 돌아오라'는 뜻이며 땅속 깊은 막장에서 일했던 그들이 갱도(坑道)에 들고 나며 서로의 안위와 무사고를 위해 '절규'했던 '인사말'이라고 한다.

불모지나 다름없던 독일 진출의 첫 사업으로 1963년부터 1977년까지 광부 7,936명과 간호사 1만 1,057명이 독일로 파송되었고 그들이 고국으로 송금한 금액이 무려 1억 달러($)를 넘었다고 한다. 이는 GNP 70달러였던 우리나라 총수출액의 2%에 해당하는 금액이며 대한민국 산업 발전의 마중물이 돼 한강의 기적을 이루는 밑거름이 되었다.

'파독 광부기념관' 1층엔 그들이 지하 2,000m까지 내려가 땀을 흘렸던 작업 도구와 밥통, 물통, 헬맷, 랜턴, 로프, 복장 등 유품과 편지들이 보존되어 있으며 당시의 임금 명세서, 작업일지, 건강 체크리스트, 구급 약통, 비상 연락망, 표창장, 훈장과 각종 신문, 잡지, 영상자료 등이 생생하게 잘 보존되어 있다.

1963년 12월 22일 친구는 파독 광부 제1진 일행 123명과 독일 뒤셀도르프공항에 내렸는데 만감이 교차했다고 한다. 엘리트였던 그를 우리는 소주잔을 기울이며 극구 만류도 했었다. 하지만 그는 독일로 떠났고 파독 광부로서의 기나긴 삶을 편지로 보내왔었다.

죽을 고비를 몇 번이나 넘기며 조장, 반장, 팀장, 마이스터(감독)를 거치는 동안 귀밑머리엔 흰 서리가 내려앉았고 무사히 현장을 마무리한 다음 개인택시 사업으로 1,500평의 자택(自宅)을 마련했을 땐 천하를 얻은 듯 기뻤다고 한다.

잔디가 깔려있던 너른 마당을 우리나라 지도 모형 텃밭으로 바꾸어 중심(서울)에 태극기를 게양하고 팔도강산엔 감나무 대추나무 사과나무를 심고 마늘, 상추, 고추, 들깨, 무, 배추, 메주콩 등 우리나라 토종 씨앗을 공수해 정성껏 가꾸어 토착화시키는데 무려 7년의 세월이 걸렸다.

드디어 손수 재배한 농작물로 첫 김장을 담그던 날 고락을 함께했던 동료와 후배들이 가족 단위로 동참해 씻고 절이고 버무리면서 '나의 살던 고향'도 흥얼거렸고, 각자가 마련해 온 떡 김밥 잡채 떡볶이를 나누며 아리랑을 부를 땐 끝내 울음보가 터지고 말았지만, 그것은 분명 기쁨과 보람의 눈물이었다고 썼다.

그는 몇 년 전 베를린한인회장(韓人會長)으로 청와대 초청 해외동포 간담회에 참석한 후 부부가 우리 집에서 일주일을 묵기도 했다. 하지만 이제 눈도 침침하여 언제 또다시 고국을 찾을지 장담할 수 없지만 "우리는 오직 조국 근대화에 초석을 놓았다는 자부와 긍지로 한평생을 후회 없이 살아왔다."라며 파독 근로자의 피땀 어린 60년 역사가 잊히지 않기를 염원한 다면서 편지를 마무리하고 있었다.

그러면서 덧붙인 한마디, 무지무지 보고픈 친구가 독일을 방문해 준다면 벤츠 몰고 공항으로 마중 나갈 것이며 그때를 위해 김치, 깍두기, 깻잎장아찌와 고추장에 독일 맥주 대신 한국 '소주'도 꼭 준비해 놓겠다고 적었다.

아까부터 편지를 읽는 눈시울이 자꾸만 뜨거워지더니 끝내

글씨를 얼룩지게 하고 말았다. 우리 가족 사진이랑 옛친구들 얘기 가득 담아 답장을 해야 할 텐데….

아니다 아직 무릎 성하니 편지 대신 차라리 우리 내외가 친구 찾아 독일로 날아가는 게 상책이지 않을까 그게 정답일 듯 싶은데 이를 어찌하면 좋을까? 행복한 고민이다.

기특한 녀석

캐나다에서 태어난 둘째 손주가 서울에 왔다. 어렸을 때 제 부모 따라 동행한 것 말고는 학업을 마치느라 10년 만에 찾아온 고국 나들이다.

스물하나 청년의 모습도 좋았지만, 더 좋은 건 우리말이 전혀 서툴지 않았으며 한국식 예법을 잘 지키고 있어 대견스러웠다. 할머니가 무엇이 제일 먹고 싶니? 했을 때 '짜장면이요' 했고 내가 어디를 먼저 구경시켜 주랴? 하니 '박물관이요' 해서 내심 놀랍고 더 기뻤다.

이틀을 푹 쉰 다음 간식거리를 챙겨 소풍 가듯 전철을 탔다. 눈이 휘둥그레진 녀석이 "밴쿠버 전철보다 더 좋은데요." 하더니 이촌역(驛)에서 내려 박물관 입장을 하면서 "무료입장이라니 놀라워요." 했다.

박물관을 일러 과거와 현재의 대화방이라고 했던가. 딴에 우리말 해설을 어찌 해줘야 할까 내심 고민이었는데 영어해설그룹이 있어 다행이었다. 외려 내가 이방인인 양 엉거주춤한 채 뒤를 따랐다. 영어 해설을 듣고 영어로 질문을 하는 녀석의 모습이 너무 진지해서 시간 가는 줄도 몰랐다. 석기시대부터 근대에 이르기까지 면면히 흘러넘치고 있는 국보급 역사 유물들이 오늘처럼 자랑스러웠던 적이 있었던가 싶었다.

오전 내내 전 층을 다 돌아보고 1층 중앙홀로 내려와 잠시 목을 축이면서 "이제 그만 갈까?" 했더니 해설을 한 번 더 듣고 싶다며 '경천사지 십층석탑' 앞으로 자리를 옮기는 게 아닌가. 왜 그러느냐고 물었더니 그 내용이 너무 복잡하여 잘 이해하지 못했다며 아쉬움을 표한다.

그렇다면 "내가 한번 나서 볼까?" 영어해설사만 따라다니느라 뒤처졌던 내게도 이런 기회가 오다니 은근히 어깨가 으쓱해졌다.

경천사지 십층석탑은 국립중앙박물관의 얼굴이라 해도 과언이 아니다. 본래는 황해도 개성 인근의 경천사 경내에 있던 높이 13.5m의 고려 시대 유물인데 1905년 을사늑약이 체결된 후 1907년 2월 일본 낭인들이 경천사에 들이닥쳤고 이에 저항하는 승려와 주민들을 총칼로 겁박한 다음 석탑을 140점으로 토막 내어 달구지 10여 대에 싣고 어디론가 사라져 버렸다.

주권을 잃은 슬픔과 함께 어이없게도 우리 문화재의 훼손과 반출 사건이 대명천지에 일어난 것이다.

당시 일본 궁 내 대신 다나까 미스아끼(田中光顯. 1843~1939)란 자가 우리나라에 와 탑(塔)을 탐낸 나머지 고종황제에게 선물로 줄 것을 청하였으나 거절당하자 막무가내로 일본으로 가져가면서 "조선과 일본의 친선을 위해 황제 폐하로

부터 기증받았다."라고 가증스럽게 거짓말까지 퍼트렸다고
한다.

우리나라 석탑은 대부분 화강암인데 이 탑은 대리석 재질
이라 각별하다. 고려 후기인 1348년 벼슬 높은 양반이 원(元)
나라 양식을 일부 도입해 야심 차게 만들어 부처님께 봉양한
것으로 탑신 곳곳에 수많은 부처와 보살, 동물과 꽃, 서유기
의 손오공과 삼장법사 등이 마치 살아 움직이는 듯 화려하고
정교하게 새겨져 있다.

전체적인 균형과 세부적인 조각 수법이 아름다운 자태로
눈길을 끌며 지붕 처마가 고려 목조 건축양식을 그대로 닮아
조선 시대에 이르러 서울 원각사지(파고다 공원) 십층 석탑에
까지 영향을 미쳤다고 한다.

국보급 석탑이 일본인에게 해체되고 반출되는 상황에서 이
를 세상에 알린 건 영국 신문 '데일리 메일' 특파원으로 서울
에 온 어니스트 베델과 '대한매일신보' 발행인이었던 미국인
호머 헐버트였다.

헐버트는 1886년 조선 최초 근대식 교육기관 육영공원에
서 영어를 가르쳤으며 '아리랑'을 서양 음계로 처음 채보했고
을사늑약이 체결되자 고종의 특사로 대한제국의 자주독립 밀
서를 미국 대통령에게 전달한 인물이다.

여론의 질타에 항복한 다나까(田中)는 훔쳐 간 탑의 포장
조차 뜯지 못한 채 1918년 석탑을 반환했으며 오래도록 경복
궁에 보관돼 오다가 1995년 국립문화재연구소로 옮겨져 대

대적인 보존 처리를 마치고 2005년 현재의 국립중앙박물관 중앙 홀 한가운데에 보란 듯 자리하고 있다.

설명하기조차 벅찼던 국보 경천사지 십층석탑의 기구한 사연의 이야기를 과연 손주는 어디까지 얼마만큼 새겨들었을까. 너무 궁금하여 질문 없느냐고 물어보았더니 "조금 슬프다. 녹음했으니 더 들어보고 말할게요." 한다.

그럼 됐다. 다리도 아프지만 한글박물관까지 두루 관람했으니 무얼 더 바랄까. 기특한 녀석.

"어서 십에 가자. 할머니께서 기다리신다."

우리가 남이가

천고마비의 여의도 광장, 행사를 위한 부스들이 줄지어 늘어섰고 모여든 시민들은 가을소풍이라도 나온 듯 마냥 즐거운 표정들이다. 중앙무대에선 미리 도착한 출연자들이 리허설로 분주하다. 우리 팀도 3번 5호 대기실에 자리를 잡았다.

지난봄, 마포구를 비롯한 25개 구(區)에서 70여 단체가 경연 참가 신청을 했고 여름 동안 예선을 거쳐 선발된 18개 팀이 잠시 후 '서울 평생 학습대회 국악경연' 결선을 펼친다. 얼마나 기다렸던 오늘인가.

케네스(필리핀), 서가밍(중국), 알리파(태국), 로살린(우즈벡), 도리탄(베트남) 등 다문화가족 출연자들이 하얀 민복(民服)을 받쳐 입고 옥색 쾌자(조끼)로 혹은 검정 더그레에 삼색(三色) 드림으로 공연 복색을 갖추니 스타가 따로 없다.

우리 팀은 열다섯 번째로 무대에 올랐다. 언제 어떤 공연이든 "내고, 달고, 굴리고, 맺음을 분명히 하라." 하셨던 스승님의 말씀이 주마등처럼 스친다. 우리 회원들이 잔잔한 난타 연주로 서막을 내고 우즈베키스탄 등 8개국에서 온 다문화 팀을 입장시켜 삼도 풍물 영남 가락을 선보였다.

쇠, 징, 장구, 북의 사물(四物) 소리는 모두가 원형을 닮고 있다. 둥근 모양의 악기를 동그란 채로 치니 그 소리 또한 둥글게 퍼져나간다. 상, 부쇠가 엇박을 주고받으며 짝 드림 놀이로 휘몰았더니 "얼~쑤" 추임새와 박수가 그칠 줄을 모른다. 공연이 끝날 때까지 정신 바짝 차리고 기심(欺心)을 다잡아야 한다. 피날레로 소고 놀이패의 춤사위에 맞춰 '아리랑'을 합창하며 공연을 마쳤다. 감명, 공명, 신명에 이르도록 온 정성을 다했던 열 시간 같았던 10분간의 공연! 지난봄부터 시작된 긴~긴~여정이 드디어 끝이 났다.

자칫 소외되기 쉬운 다문화 이주여성들을 우리의 민속 예술인 국악으로 따뜻하게 품어 보고 싶어 '화합(和合)과 소통(疏通)'을 주제로 풍물 교실 특별반을 개설했지만 서로 이해의 벽이 높은 데다 녹록지 않은 다문화가족들의 가정 사정 때문에 크고 작은 갈등도 없지 않았다.

하지만 애써 마음을 다잡으며 너와 나의 본성이 다르지 않다는 걸 깨닫게 되면서 그들이 한국인의 아내로, 엄마로, 며느리로 거듭나고자 애쓰는 모습들이 눈물겹도록 고마웠다.

언제나 시작할 때의 초심을 잃지 않으려고 애썼다. 고맙게도 간절한 바람은 성숙된 변화를 가져다주었다. 강(江)물은 강을 버려야 바다에 이른다고 했던가.

얼굴도 언어도 생소한 이주여성들과 사물놀이를 연습하고 있으면 신기하다며 기적(?)이라고 말하는 이도 있었지만 국악과 함께하면 그게 기적이 아님을 알 수 있다. 왜냐하면 쇠,

징, 장구, 북이 결코 자기 소리만을 고집하지 않고 서로 어우러지면서 놀랍게도 아름다운 하모니를 이뤄내기 때문이다. 어디 그뿐인가 용광로가 쇠를 녹여내듯 비록 국적은 달라도 '박자와 리듬'이라는 만국 공통어가 음악의 힘으로 모든 상황을 하나 되게 이끌고 있지 않은가. 그래서 풍물을 조화의 미학(美學)이라 표현했는지도 모른다.

상쇠는 판을 이끌며 단호하지만 장구는 궁편과 채편의 가죽 소리로 거친 쇳소리를 보듬어 유화시킨다. 그래서 이 둘을 아버지와 어머니라고 부른다. 그런가 하면 북은 뚜벅뚜벅 박자를 짚어주고 징은 큰 장단을 황소울음으로 아우르며 너그럽게 베푼다고 하여 '하늘의 소리'라고 한다.

금, 은, 동상이 발표되고 잠시 후 축하 팡파르와 함께 대상이 호명되었다. 기쁨의 눈물이 이런 것일까. 시상대에 오른 기분이 이렇게 좋을 수가 없다. 몇 해 전 올림픽에서 핸드볼 선수들이 온갖 역경을 딛고 끝내 승리를 일궈낸 감동 스토리가 '우리 생애 최고의 순간'이라는 영화로 화제를 일으키며 '우·생·순'이라 널리 회자됐었다.

시상대 맨 윗자리에 섰다. 가을 하늘은 마냥 푸르고 여의도 강바람은 더없이 시원했다. '국악사랑 휘모리' 서울 평생학습대회 국악 경연 대상(大賞) 수상. 우리도 오늘 '우·생·순'이다. 기쁘다. 우리가 남이가.

밥과 술

밥(飯)이 생존을 위한 필수품이라면 술(酒)은 애주가들에게 힘의 원천이나 다름없는 기호품이다. 돌아보면 밥과 술은 인류와 함께해온 먹거리 제1순위임에 틀림이 없다. 하지만 밥에 대해서는 별다른 말이 없으나 유달리 술만은 이러쿵저러쿵 말도 많고 탈도 많다.

오죽하면 술은 잘 마시면 약이 되고 지나치면 독이 된다고까지 하지 않았던가? 삶의 영원한 동반자인 밥과 술에 대하여 캐나다는 철저하게 구분 짓고 있는 나라다. 식생활을 위한 기본 식품의 경우는 의외로 저렴한 데다 부가세까지 면세혜택도 주고 있다. 예를 들면 흰 우유와 식빵은 싸고 초코우유와 케이크는 매우 비싸다.

그런데 술만은 가격도 비쌀 뿐만 아니라 규제가 심하여 마트나 슈퍼 또는 백화점 등에서는 술을 구경할 수조차 없다. 다만 별도로 지정된 곳(LCBO)과 술 판매소(Liquor Store)에서만 술을 살 수 있다. 그곳 관리인은 미성년자들과 너무 자주 사거나 일시적으로 다량을 구매하는 사람에게는 경고와 함께 술 판매를 거부할 권리도 있다. 그조차도 평일에는 오후

7시까지만 술을 판매하고 일요일과 공휴일에는 문을 닫는다. 따라서 매주 금요일 오후가 되면 주말을 대비하여 미리 술을 구입하려는 사람들로 크게 붐빈다.

캐나다는 레스토랑이나 호프집(Pub)도 LLBO라는 표시가 있는 곳에서만 술을 마실 수 있다. LLBO란 술손님을 받아도 좋다는 표시다. 단 영업시간은 오후 3시부터 새벽 2시까지이고 '음주는 실내에서 흡연은 실외'에서만 가능한 조건으로 주(州)정부의 허가를 받은 곳이다. 자신의 주량을 과시하기 좋아하는 한국인과는 정반대로 캐나다 사람들은 마신 술의 양을 줄여서 말하곤 하는 습성이 있다. 또 대부분 자기의 집(58%)과 친구 집(16%)에서 주로 술을 마시는 편이고 클럽이나 바 혹은 라운지에서 마시는 경우는 드물다고 한다.

술집에서 술을 마시는 비율이 이처럼 낮은 걸 보면 술을 아무 곳에서나 마음대로 마실 수 없도록 규제하고 있는 엄격함 때문이 아닌가 싶다. 캐나다 애주가들에게 왜 맛도 멋도 없이 집에서 술을 마시느냐고 물어보았더니 때와 장소가 자유롭고 음주 운전에 대한 부담까지 없는데 어찌 맛이 없겠느냐며 외려 반문한다.

과거 우리나라 영화를 보면 담배 연기로 극중 분위기를 연출하는 게 다반사였다. 그런데 금연운동이 확산되면서 요즘은 술로 대신하는 것처럼 보인다. 안방극장인 TV 연속극조차 클럽이나 포장마차에서 술을 마시는 모습이 자주 등장하고 있어, 술 문화가 국민의 생활경제지표에도 영향을 줄 거라는 우려의 목소리가 이구동성이다.

술 자체가 즐거움이라는 애주가들에게는 엄격한 음주문화의 캐나다가 '재미없는 나라'일지도 모른다. 술을 사려면 LCBO나 LS 등 지정된 매장을 찾아가야 하고 또 술을 구했다 하더라도 아무 데서나 마실 수 없기 때문이다. 만약 허용된 장소가 아닌 곳에서 술을 마시게 되면 그곳이 공원이든 식당이든 대학 캠퍼스이든 즉결로 넘겨져 큰 벌금을 물어야 한다.

그뿐만이 아니다. 만약 술이 남아있는 술병이 뚜껑이 열린 채 차 안에서 발견되면 음주를 했건 아니했건 상관없이 '음주운전미수범'으로 즉결을 받아야 한다. 이렇듯 상상 이상의 규제를 가하는 이 나라의 술 문화가 바람직한지 아닌지는 단언키 어렵지만 좌우간 캐나다의 술 문화를 생각하면 우리나라와 달라도 너무 다르다.

추석 명절이 다가오는데 보고픈 사람들과 청명한 가을 하늘 벗 삼아 권커니 잣거니 한 잔 술이 그리우련만 금주 지뢰(?)밭이 하도 많으니 이를 어쩌면 좋을까. 동포들 술 걱정부터 챙기는 걸 보면 '나는 천상 한국인'인가 보다.

홀로 아리랑

저 멀리 동해바다 외로운 섬/ 오늘도 거센 바람 불어오겠지/ … 가다가 힘들면 쉬어 가더라도/ 손잡고 가보자 같이 가보자/ … 아~리랑 아~리랑 홀~로 아~리랑/ ….

노래를 듣고 있으면 절로 생각나는 게 있다. 대학산악부에서 히말라야 원정을 꿈꾸며 인수봉을 오르내리던 시절 (사)한국산악회(CAC회장 이희승)로부터 '독도탐사대' 동행 요청을 받았다.

CAC자연보호위원회 주관의 석, 박사급 활동 목적은 1947년의 제1차 조선산악회 독도 생태계 분포조사의 맥을 이어온 연속 탐사로 그분들을 위한 암벽등반 안전을 돕는 역할이었다. 2인 1조로 수직 벼랑에 매달렸던 그때를 생각하면 지금도 현기증이 나려고 한다.

당시 독도를 홀로 지키고 있던 (故)홍순칠(국가보훈 삼일장) 독도의용수비대 대장님을 나는 아직도 잊을 수가 없다. 그 후 독도를 한 차례 더 갔었고 지난해 10월 25일 '독도의 날'에도 다녀왔다.

경상북도 울릉군 북면 서포길 447, 날씨가 좋으면 육안으로도 독도가 보인다는 언덕배기에 '독도 의용수비대기념관'이 있다. 초창기 의용수비대 선임이었던 (故)조상달(보국훈장 광복장) 선생의 아들 조석종(67)씨가 아버지에 이어 2대째 관장을 맡고 있다.

　70여 년 전(1953년) 4월 (故)홍대장님을 중심으로 울릉도 열혈(熱血) 청년 33인이 불꽃처럼 나서 일본의 불법 침탈 시도에 온몸으로 맞서 싸웠다고 한다. 그들의 처절했던 전투 과정과 빗물을 받아 허기를 면했다던 극한 상황 등이 기념관에 잘 정리돼 있다.

　이미 1900년 10월 25일 구한말의 대한제국은 독도를 울릉도 부속 섬으로 제정(칙령 제41호) 선포했다. 그러나 1910년 한일병탄으로 우리는 주권을 잃었고 그 후 제2차 세계대전이 끝나면서 1945년 일본이 미국에 무조건 항복하며 한국은 물론 일본까지 모든 영토가 미국 관할로 넘어갔다.

　당시 총독이던 맥아더 장군은 동해에 '맥아더 라인'을 선포한데 이어 연합군 최고사령관 각서 1033호에도 구체적으로 일본 선박의 독도 해역 무단 접근을 불허(不許)했다.

　하지만 해방의 감격도 잠깐 1950년 북한의 남침으로 한국과 미국이 전쟁의 소용돌이에 휘말리자 일본 어선들이 '맥아더 라인'을 넘어 독도에 출몰, 혼란이 거듭되는 사이 일본의 주권 회복을 포함한 1951 샌프란시스코 조약이 무르익으면서 얄궂은 운명일까, 독도문제는 잠정 유예됐고 훗날 일본의 주권이 완전히 회복되면서 '맥아더 라인'조차 흐지부지되고 말았다.

당시 일본과 우리의 국제적인 해양력(海洋力)은 비교가 되지 않았다. 독도 영유권에 대한 국제법적 보호가 일시에 사라지려는 위기의 순간, 전화(戰禍) 속에서도 이승만 대통령의 결단으로 샌프란시스코 조약이 발효되기 직전인 1952년 1월 18일 동해 먼바다에 '평화선(일명 이승만 라인)'을 선포했다. 국제법상 한국영토에서 60해리까지는 우리 바다라는 걸 만방에 천명한 것이다.

울릉도에서 독도까지는 50해리 정도이다. 그 후 '평화선'을 넘는 일본 배에는 독도의용수비대가 가차 없이 총격을 가하고 나포까지 하면서 독도의 실효적 지배에 쐐기를 박았다.

그런 와중에 정부는 1965년 한일어업협정으로 '평화선'을 거둘 때까지 300여 척이 넘는 일본 선박을 나포했고 4,000여 명의 일본인이 한국 형무소에 구금됐으며 그중 50여 명은 옥(獄)중 사망까지 했다고 한다.

일본은 지금도 망언을 일삼고 있지만, 독도의 실효적 조치는 전무(全無)한 반면, 우리는 삼국사기의 고지도(古地圖)를 비롯하여 세종실록 등 차고 넘치는 사료(史料) 외에도 '평화선' 선포 후 지금껏 실효적 지배를 해오고 있다.

1960년대 초 GNP 70$의 세계 최빈국이었던 대한민국 국가지도자들이 정파와 이념을 초월해 오직 국가 보위를 위한 애국 일념으로 힘에 의한 외교를 통해 우리 땅 독도를 지켜낸 것은 민족사적 위대한 장거가 아닐 수 없다.

한반도 동해바다의 파수꾼으로 24시간 우리와 함께 숨 쉬고 있는 섬, 하루 중 가장 부지런히 일출(日出)을 맞이하고 제일 먼저 일몰(日沒)을 배웅하는 섬, 하늘을 찌를 듯 우뚝한 동도와 서도가 서로 형님 아우 하는 섬, 결코 잊을 수 없고 사랑하지 않을 수 없는 섬!

그 독도에 닿으면 나는 가슴팍에 태극기 휘날리고, 파도 소리에 '홀~로 아~리랑' 메아리가 들린다.

가을 설악

모처럼 설악산에 올랐다. 예전엔 설악동에서 시작해 천불동계곡을 택하거나 오색약수터에서 출발했는데 요즘은 한계령 휴게소 뒤편 팔각정에서 바로 달려든다. 언제 보아도 남성적인 서북주릉을 왼쪽 겨드랑이에 끼고 걷는 맛이 일품이다. 비록 해발 1,708m의 대청봉이지만 동해를 곁에 두고 있어 체감으로는 훨씬 더 높다. 거기서 남쪽으로 점봉, 오대, 태백을 지나 지리산 천왕봉에 닿고 북녘으로 마등령, 황철봉 넘어 개마고원, 삼지연을 가로지르면 백두산이다. 바로 '백두대간'이다.

휴전선 너머는 금방 금강산이다. 천하제일 단풍이 곱다 하여 가을 금강을 풍악(楓嶽)이라 하였으니 그 자태가 오죽하랴마는 애오라지 남북 동포 이산가족들이 기쁨과 눈물로 한(恨)을 삭히며 상봉했던 임시면회소가 벌써 몇 년째 제구실 못 하고 덩그러니 비어있어 안타깝다.

한로 절기를 넘고 있는 산하가 노랗고 빨갛게 옷을 갈아입었다. 해마다 가을 산행을 꼭 챙기고 싶지만, 요즘은 단풍철이 왔는가 하고 돌아보면 어느새 후딱 지나가 버려 계절을 깜

빡 놓치기 일쑤이다. 우리나라의 봄과 가을은 그 어느 나라 못지 않게 아름다운 계절로 내 어렸을 적엔 그 절기가 보통 두어 달씩은 되었지 싶은데 요즘은 그렇지 않다. 예부터 춘하추동 4계절이 엄연했건만 지구온난화 현상으로 뜨거운 여름이 길어지면서 계절의 경계가 무너지고 있다.

천고마비를 노래하며 세월이 왜 이리 빠르냐고 호들갑이지만 자연에 눈 돌리고 조금만 생각을 기울여 보면 풀이 시들고 꽃이 지는 모습에서 오히려 세월을 낚는 아름다움을 새롭게 느낄 수 있다. 여름날 만발하여 흐드러진 꽃도 좋지만 때가 되어 낙화하는 꽃에서 새로운 꽃, 영원히 시들지 않는 꽃을 보는 쏠쏠함도 크다. 꽃이 꽃으로만 존재하면 언감생심 열매는 얻을 수 없지 않은가. 열매는 꽃이 피고 질 때까지 비바람을 견디고 이기며 기다린 성실한 몸짓과 수고의 대가이다. 꽃을 떨구지 않으면 결코 결실을 볼 수 없음은, 물이 강을 버려야 바다에 이르는 이치와 다르지 않다.

동해 쪽으로 넉넉히 흘러내린 천불동계곡이 울긋불긋 온 산에 불을 지르고 있다. 꽁꽁 얼었던 대지에서 봄을 맞아 훈풍에 새싹을 틔우고 긴긴 여름의 폭염과 비바람을 꿋꿋이 이겨냈기에 이토록 당당한 것이다. 붉은 단풍을 가만히 쳐다보고 있으면 자신마저 불태울 듯 온 몸을 던지는 젊음의 열정이 느껴지고, 노란색 단풍에선 금실 좋게 살아낸 노부부의 속 깊은 정(情)이 읽힌다. 탄성을 아무리 질러도 모자랄 것만 같은 저 아름다운 단풍은 그들의 생에서 어미 나무에게 바치는 마지막 사랑의 몸짓이 아닐까.

풍악이 어찌 금강산만일까. 빨강, 노랑, 주홍, 다홍, 갈색 등 넘치도록 푸진 색의 향연을 뽐내고 있는 가을 설악 또한 눈부시게 불타고 있지 않은가. 아마도 단풍은 자연이 우리에게 전하고 싶은 마지막 사랑의 메시지인지도 모른다. 소청봉 오르막의 희운각을 휘감으며 공룡능선으로 이어진 먼 하늘이 높고 푸르다.

사람이 산다는 건 '짧고도 긴 추억 여행'이라고 했다. 그 여로의 끝자락에 서면 누구나 아름다운 소풍이었노라 반추하고 싶은 우리네 삶, 그 가을이 깊어 가고 있다. 그러고 나면 곧 겨울이다. 그래서 한철이 끝나는가 싶지만 잠시의 순환일 뿐 때가 되면 자연은 또다시 제자리를 찾는다. 세월 따라 저물어만 가는 인생과는 근본이 다르다.

'봄꽃보다 가을 단풍이 더 아름답다'라는 말을 빌려오지 않더라도 만산홍엽의 가을 설악이 참으로 곱다. 흉허물없이 내일을 이야기할 수 있는 가족이나 친구들과 더 많은 꿈을 노래하며 진득하게 걷고 또 걷고 싶다. 지금 이 순간이 무심한 채 지나가 버리기 전에 "소중한 사람과 더 많이 사랑하라." 속삭이고 있는 가을 설악이 그래서 좋다.

룰레이 동굴

뉴욕에 사는 큰아들 집에 들렀을 때다. 사나흘 쉬고 여행 길에 나섰다. 필라델피아와 워싱턴D.C를 거쳐 81번 하이웨이를 타고 버지니아주를 지나 남으로 한참을 더 달렸다. 그곳에 태곳적 동굴이 기가 막히게 잘 보존돼 있다는 자랑에 단양 고수동굴이나 삼척 환선굴과 뭐가 다를까 싶어 심드렁했으나 '가서 보시면 후회하지 않을 것'이라는 게 아들 내외의 강권이었다.

쉐난도 국립공원 룰레이 동굴 입구까지 헷갈리지 않게 264번 출구로 정확히 나갈 수 있도록 안내하고 있는 미국식 도로 표지판이 고마웠다. 입장권을 사고 줄을 섰다. 금방 들어갈 줄 알았는데 그게 아니었다. 알고 보니 20분 간격으로 30명씩만 입장을 시키면서 그룹마다 카우보이 차림의 해설사가 인솔하고 있었다.

긴 기다림 끝에 입장했는데 초입에서 관람요령과 주의 사항 전달이 5분을 넘긴다. 절대 큰소리 내지 말 것과 안전용 가드레일에 기대서도 아니 되며 만약 담배를 피우거나 종유석을 만졌을 경우는 즉시 퇴장에 패널티 USD 1,000(약 13만원)이란다. 지나친 규제, 벌금, 기다림 등이 갑갑했던 그때를 생각하면 지금도 부끄러움이 앞선다.

동굴 속을 거닐다 보면 시간의 깊이에 빠져들고 만다. 겨우 인생 100세인 우리네 삶에 비하면 동굴이 생성된 몇억 년 단위의 세월은 상상만으로도 숨이 멎을 듯 버겁다. 광속(光速)으로도 수년이 걸린다는 밤하늘의 은하계를 보며 어린 시절 무한공간을 상상했던 것처럼 우리는 지금 동굴 속에서 억겁(億劫)의 세월이 존재하였음을 온몸으로 느낀다. 종유석이며 석순들을 원형대로 보존하기 위해 이들은 상상 이상으로 필사적인 노력을 하고 있었다.

황금색이거나 아니면 순백의 극치미가 종유석의 본래 모습이었음을 저토록 극명하게 보여주고 있는데 강원도 석회암 동굴들이 시멘트를 부어놓은 듯 회색으로 존재하고 있음은 방치된 관리 부재와 무질서로 인한 변질이 아니었나 싶어 몹시 아쉽고 안타깝다.

내려갈수록 무수한 종유석들이 아름드리 돌기둥에 비단 커튼을 드리운 듯 궁중 황실을 연상케 하더니 다양한 모양의 형상들이 참 많기도 하다. 표주박이 매달린 것 같기도 하고 빛을 받으면 반짝이는 천정이 있는가 하면 아이스크림 모양의 석순에 모래시계를 닮은 것은 자그마치 나이가 15억 년이라고 설명한다.

어디선가 물이 졸졸 흐르더니 동글동글한 휴석(休石) 위로 웅덩이를 만들고 안내판엔 '거울연못'이라 쓰여 있었다. 아니나 다를까 바닥까지 훤히 들여다보이는 수면 위로 반대편 사람이 거울처럼 비치고 있는 모습이 영락없는 명경(明鏡)이다. 자연보호는 말로 하는 것이 아니고 인간이 머리로 하는 것은 더욱 아니며 있는 그대로를 두고 보는 것만이 최고임을 일깨워준다.

산소의 밀도가 다른지 공기의 질감조차 눅눅한 게 꽤나 깊이 내려온 듯 호흡이 조금 갑갑하다. 어느새 2시간 반이 지나고 있었다. 배구 코트만 한 공간에 다다르자 턱시도 차림의 신사가 "웰컴 투 유~" 미소로 맞이하고는 잠시 의자에 앉기를 권한다.

지구촌 손님 여러분께 지금부터 VIP급 피아노 연주로 환영하겠다며 모자까지 벗어 인사를 한다. 이어 환하게 은빛 조명이 비쳤고 그곳에 그랜드피아노가 떡 하니 놓여 있었다. 그리고 여느 음악회와 같이 피아노 연주가 시작되었다. 비록 5분 정도의 라이브 쇼였지만 그게 특수한 기술로 피아노 건반과 크고 작은 종유석을 전선(電線)으로 연결시켜 때려줌으로써 석순에서 나는 높고 낮은 자연음(自然音)이 오케스트라를 연주하듯 경쾌한 행진곡으로 울려 퍼진 것이다.

아무리 생각해도 너무나 신비스러운 아니 믿기지 않는 '동굴 속 종유석 피아노 연주'의 진풍경이었다. 인간을 생각하는 갈대라고 하였지만 어쩜 이럴 수가 있단 말인가. 지구촌의 희고 검고 노란 일행들이 벌린 입을 다물 줄 모른다. 단순한 동굴 구경에 그치지 않고 고차원의 아이디어로 인간과 자연이 어떻게 조화를 이뤄야 아름다운지를 웅변해 준 산 교육장이었다.

해가 설핏한 동굴 밖은 이름 모를 새들이 저녁 차비로 요란하다. 다람쥐, 거위들도 다 바쁜데 꽃사슴 몇 마리가 서로 친구 하자며 동방의 길손을 졸졸 따라다닌다. 쉐난도 산마루에 빨간 노을이 산그림자를 길게 드리운다. 산 넘어 산들이 지리산 노고단을 닮았다. 갑자기 이 세상에 둘만 존재하고 있는 것 같아 아내 얼굴을 물끄러미 쳐다보았다. 두 볼이 노을빛에 홍조를 띠었다.

엘로라와 아잔타

문화유산 중에는 돌이 소재인 경우가 많다. 이집트의 피라미드를 비롯해 아테네의 파르테논, 캄보디아의 앙코르 와트, 실크로드의 막고굴, 페루의 마추픽추, 토함산의 석굴암 등 모두가 석조물들이다. 초창기에는 돌을 다듬고 깎아서 원하는 모습을 만들었으나 세월이 흐르며 인간의 초능력을 시험이라도 하듯 석산(石山) 자체를 음각으로 한 치, 두 치 파고 들어가 필요 없는 돌을 쪼아냄으로써 남겨진 공간이 하나의 사원이 되고 신상이 되기도 했다. 그런 발상의 대전환으로 거대한 석산이 문화유산으로 변한 대표적인 곳이 바로 '엘로라'와 '아잔타'이다.

인도(INDIA) 중부 아우랑가바드에서 시골길로 29km를 더 달려간 곳에서 34개의 석굴 사원을 만났다. 이 나라의 3대 종교라 할 수 있는 힌두교(Hinduism), 불교(Buddhism), 자이나교(Jainism)의 석굴 사원들이 제각기 그 시대 최고의 신기(神技)를 뽐내고 있어 마치 종교 사원박람회장에 온 느낌이었다. 특히 5번 굴은 넓이 35.6m, 길이 17m나 되는 엘로라 최대의 석굴로 24개의 돌기둥을 남겨놓은 내부에는 석가

모니 부처 좌상과 관음보살, 다라니보살, 미륵보살 등이 천 년 전 당시의 미소를 머금고 있어 형언키 어려운 오묘(奧妙) 함이 다만 신기할 뿐이었다.

석굴마다 불교, 힌두교, 자이나교가 자기 나름의 특색을 뽐내고 있었으나 그 중엔 다른 종파의 형식이 섞여 있는 곳도 있었다. 아마도 그 시절엔 편 가르기나 다툼 없이 서로 사이 좋게 교류했을 것이라 설명하고 있다.

다음 날 아침 식사까지 거르며 새벽같이 찾아간 또 다른 불교 예술의 보고 '아잔타'는 1983년에 이미 유네스코세계문화유산으로 선정된 곳으로 그 불가사의한 모습을 학자들은 '장자의 호접몽'에 비유하기도 했다. 와구르 강(江)이 흐르는 U 자형 협곡 75m 높이의 절벽에 36개의 석굴이 조성돼 있다. 이는 BC2세기부터 만들기 시작한 석굴을 AD460년경 중창 보완했다고 한다.

먼저 5세기 말에 개착했다는 1번 굴에 닿았다. 랜턴을 비추며 들어간 전실에서 맞닥트린 벽과 천정의 벽화들이 놀랍도록 현란한 원색을 뽐내고 있다. 오랜 세월을 버티고도 저토록 멀쩡한 것은 돌(石)에서 채취한 천연물감을 돌에 사용했기 때문이라고 한다.

석굴은 형식에 따라 둘로 나뉘는데 승려들의 수도원인 승원 굴(비하라)이 대부분이지만 그중 불탑(스투파)을 봉안한 예배굴(차이트야)이 4곳이나 자리하고 있다.

예배굴은 석산을 파고 들어가면서 기둥과 서까래와 불상만

남겨놓고 나머지(바위)를 쪼아서 만든 공간이었다.

지상에 짓는 법당처럼 세우고 쌓는 건축이 아니라 반대로 파내고 깎아 내 만들어진 조각품이다. 오로지 정과 망치에 의존해 무량한 손질로 성취한 위대한 음각 예술의 집대성이라고나 할까.

뒤편 복도 왼쪽에 있던 '보디사트바 파드마파니' 보살상 벽화는 손에 연꽃을 들고 있어 '연꽃보살'이라고도 부른다는데 고구려 승려 담징이 그렸다고 전하는 일본 법륭사의 금당벽화와 너무나 닮은 모습이라 참으로 신기하고 묘한 느낌이었다. 그 시절 서로 오가며 사이좋게 그렸을 리 만무할 텐데 알다가도 모를 일이다.

현존하는 석굴 사원의 대부분이 왜 이곳 데칸고원 일대에 주로 모여 있을까 궁금해했더니, 인도 대륙 대부분이 무덥고 비가 많은 기후지만 그나마 이곳이 습기가 적고 시원한 용암지대이기 때문이라고 귀띔한다. 바깥 기온은 섭씨 40도를 넘나드는데 석굴 안은 그렇게 시원할 수가 없다. 긴긴 세월 석굴을 이곳에 조성한 이유를 이제 조금 알 것 같다.

인도 땅 아잔타의 예술혼과 불심(佛心)의 맥이 그 후 중국의 대동 운강 석굴(5세기)과 낙양 용문 석굴(6~7세기), 돈황 막고굴(8세기)을 거쳐 실크로드 따라 경주 석굴암(8세기)에까지 면면히 흐르고 있음을 21세기의 학계가 거듭 증거하고 있어 흥미를 더하고 있다.

마치 타임머신을 타고 수 세기를 넘나든 것 같은 기분이다.

아무리 보아도 그 깊이를 알 길 없는 종교예술은 우리에게 무슨 의미일까. 불가사의한 문화유산은 또 우리에게 어떤 존재일까. 아니 현대인들이 깨달아야 할 메시지는 과연 무엇일까.

오늘따라 길손의 배낭이 이리 무거운 것은 알 듯하면서도 결코 그 속내를 알 수 없는 종교예술의 심오함 때문일까.

축제와 박람회

　지난해 순천만 국가정원에서 선보인 '국제정원박람회'는 감동 그 자체였다. 기차를 타고 내려가면서 우리 동네 '고양 국제꽃박람회'보다 규모가 얼마나 더 클까, 우선 그게 궁금했다. 현장을 둘러본 결과 열 배 아니 그보다도 더 넓고 방대한 스케일과 내용에 놀라지 않을 수 없었다. '꽃'과 '정원'을 한통속으로 착각했던 게 큰 오산이었다.

　날로 영역을 넓혀가고 있는 'K-팝'이나 'K-컬쳐'의 뒤를 잇기라도 하듯 국제적인 정원문화교류의 장을 'K-가든'으로 선보임으로써 관람객 1천만 명 돌파, 생산유발효과 1조6천억 원, 일자리 고용 창출 2만5천 명 등 성공적인 결과를 거두었다고 한다.

　역사적으로 이런 박람회들은 즐거운 볼거리와 경제적 이익만을 위한 것은 아니었다. 1회성 소모적인 행사에 그치지 않고 환경복원, 생활 건강, 지역사회 활성화와 갈수록 공해에 노출되고 있는 도시의 재생 동력에도 크게 이바지하는 부가가치도 창출한다.

　4년 전쯤 유럽 여행 중에 벨기에 브뤼셀의 그랑플라스 광장에서 '플라워 축제'를 본 일이 있다. 그곳은 시청 앞 광장으로 베고니아, 튤립, 카네이션, 히아신스, 아네모네, 해바라기 등 수백만 송이 꽃을 아르누보 양식의 섬세하고 예쁜 카펫 문양으로 진열해 놓았는데 그 자체가 예술이었다. 특히 자국산 '베고니아'를 전 세계에 홍보하기 위한 목적으로 50년째 이어 오고 있었는데 이들은 장사도 예술적으로 하는구나 싶어 말문이 막혔었다.

건조한 일상에서 그나마 꽃조차 없었다면 삶이 얼마나 더 팍팍했을까. 그래서 꽃은 단순한 눈요기가 아니라 함께 살아가는 향기롭고 부드러운 우리의 벗이다. 그뿐만이 아니다 생명의 신비와 아름다운 조화는 물론 거칠고 메말라가는 우리의 영혼을 끝없이 달래주는 고마운 존재이기도 하다. 그래서 꽃을 보고 있으면 기분이 좋아지는가 보다.

우리 뇌의 후두엽은 색을 인식하는 과정에서 긍정적인 반응을 일으키며 세로토닌이나 도파민 같은 신경전달 물질을 분비하여 기분을 좋게 만들어 준다고 한다. 굳이 의학적인 설명이 아니더라도 꽃을 좋아하는 마음은 이미 그 자체가 사랑이요 행복이 아니겠는가.

먼 옛날 인류의 조상들도 꽃밭에서 꽃놀이하며 기쁨과 사랑을 속삭임으로 희망에 부풀었던 흔적들이 우리의 DNA에 남아있다고 학자들은 말하고 있다.

그래서일까 꽃을 가까이 두고 지내면 일상에 생기가 도는데 이는 꽃의 종류와 색깔에 따라 서로 다른 느낌과 감정이

다양하게 전달되기 때문이라고 한다. 빨간색 꽃은 사랑과 회복력을, 노란색은 포근함과 행복감을, 파란색은 심리적 안정감을, 주황색은 활발한 사교력에 은근히 도움을 주면서 쌓였던 스트레스를 밀어내고 신선한 청량제를 가득 채워 준다니 이 얼마나 고마운 인체의 신비인가.

고대 로마 시대엔 플로라리아 꽃 축제가 있었고 중세 유럽에는 '플라워 길드'라는 전문가가 중심이 된 메이데이 축제가 대단했으며 중국의 모란 축제, 일본의 사꾸라 축제, 최근 우리나라의 국화 축제도 한몫하고 있다.

195년 전통의 필라델피아 플라워 쇼는 멕시코가 원산지인 빨간 잎의 포인세티아를 자기네 플라워 쇼에 등장시켜서 오늘날 전 세계에 크리스마스 상징 꽃으로 자리매김시킨 성공 사례가 되었다.

올여름 체온에 가까웠던 폭염이 추석 때까지 길게 이어지면서 일부 농·생물 생태계까지 교란시켰음에도 불구하고 그 긴 여름을 견뎌낸 가을꽃들이 고개를 내밀고 있어 신기하기까지 하다. 코스모스, 천일홍, 맨드라미, 개미취, 구절초 등 소박하고 청초한 가을꽃들을 얼른 보고 싶다.

일산 호수공원이 우리 집 앞마당인 양 곁에 있다는 건 더없는 행운이다. 거기서 가을꽃박람회까지 열릴 때면 지상낙원이 따로 없다. 해마다 4월엔 '고양국제꽃박람회'가 인사를 하고 10월 '가을국화축제' 때는 흥겨운 놀이마당에 전국 팔도강산 '막걸리축제'까지 곁들여 기쁨을 더해준다.

꽃구경을 구실삼아 고향의 일가친척들이랑 그사이 격조했던 친구들을 초청해 대포 잔을 곁들이며 안부를 나누고 수다 떨 생각에 잠 못 이루는 이 밤, 가을볕이 너무 짧은 게 아쉬울 뿐이다.

겨울

적도의 땅

　서울은 겨울인데 아프리카는 여름이었다. 어젯밤 기내에서 18시간을 견디고 요하네스버그에서 3시간 대기 후 SAA-182로 4시간 반을 더 날아온 곳 케냐의 수도 나이로비이다. 공항에서 Yellow Card와 50달러짜리 로컬 VISA를 받고서야 겨우 긴 여로가 끝이 났다. 시내까지는 버스로 1시간 반, 밖은 허허한 대지에 태양열과 지열이 훅훅 달아올라 찜통이 따로 없다.

　시내로 접어들자 낡은 차들이 매연을 뿜으며 달린다. 교통 체증과 먼지에 얼굴마저 까만 사람들이 뒤엉켜 묘한 냄새까지 머리를 지끈거리게 한다. 잠시 동서남북을 가늠하며 걷는 동안 하느님의 보우하심이었을까. 용케도 한국식당을 만나 충청도 아줌마가 차려준 냉면을 김칫국에 말아 먹고 겨우 속을 달랬다. 적도의 땅 케냐의 하루 해가 저물고 피곤은 몰려오는데 단잠이 쉽지 않다.

　아프리카 동부 해안에 위치한 이 나라는 남동쪽으로 인도양을 끼고 아래쪽엔 탄자니아와 소말리아, 위로는 에티오피아와 수단, 서쪽으로 우간다와 국경을 접하고 있다. 인구 약

3천2백만 명이 한반도의 5배에 달하는 국토에서 살고 있지만 수도 나이로비와 뭄바사, 나쿠르 등 일부 도시를 제외하고는 원시의 촌락이 대부분이다.

나이로비는 고원지대인 데다 물이 풍부한 탓에 유럽의 문물이 일찍 들어온 곳으로 인구의 약 80%가 기독교이고 이슬람과 토착 종교가 각각 10%씩을 차지하고 있으며 다양한 인종이 뒤섞여 살고 있다.

낯선 곳에서는 사람 냄새 물씬한 시장을 돌아보고 박물관으로 향하면 그곳의 큰 틀을 짐작하기에 좋다. 박물관에서 마주친 '오스트랄로피테쿠스' 화석이 인류의 조상으로 추정되고 있음은 교과서에서 배웠지만, 그 인류사적 유물이 바로 이곳에서 출토되었음을 두 눈으로 확인한 순간의 짜릿했던 감동을 생각하면 지금도 가슴이 설렌다.

때마침 '제로 헝거'를 위한 UN국제식량기구(WFP) 조사단이 나이로비 근교 슬럼가인 키베라(Kibera)를 찾는다는 뉴스가 있어 먼저 그곳으로 향했다.

빈민촌을 가로지르고 있는 우간다행 철길 옆에서 '물과 빵을 주세요' '우리도 집에서 살고 싶어요'라는 플래카드에 둘러싸인 채 WFP 퍼거슨 국장이 진땀을 흘리면서 "마음이 아프다. 빵과 물을 위해 힘쓸 테니 희망을 잃지 말라."며 차마 말을 잇지 못한다.

슬럼가를 떠나는 그들을 뒤따르며 "Don't forget"을 외치던 꼬마 아이들의 퀭~한 눈동자가 지금도 눈에 자꾸 밟힌다.

원주민 대다수가 빈민가를 면치 못하고 있으며 아이들은 학교 대신 교회에 나가 9센트(약 70원)짜리 점심 한 끼로 하루를 견디는 경우가 많다고 한다. 서울에서는 설마 했었는데 실제로 눈 앞에 펼쳐진 참상을 직접 보니 안타깝고 가슴 아팠다.

소설 『Out of Africa』를 쓴 브릭슨이 커피 농사를 지으며 작품 활동을 했던 집이 기념관으로 개방돼 있어 반가웠다. 한 사람의 흔적에 그치지 않고 당시를 살았던 시대와 공동체의 생활상까지 함께 들여다볼 수 있었다는 건 보너스 같은 행운이었다고나 할까.

반갑게도 다운타운 곳곳이 'LG 스트리트'와 'Samsung 거리'로까지 명명돼 있었고 우리의 상표와 입간판들이 많이 보여 나그네를 위로해 주었다. 첫째 날 충청도 아줌마를 만났던 곳도 알고 보니 바로 그곳이었다.

아프리카의 국경은 대부분이 직선이다. 이는 1884년 영국 프랑스 독일 미국 등 14개국 베를린회의에서 현지인들의 오랜 역사와 지리적 특성, 민족성, 전통, 기후 풍습, 교육, 문화의 차이 등을 무시한 채 강대국들의 이해득실에 따라서 잣대로 그어놓은 결과물이라고 한다.

구릉 따라 물길 따라 자연스럽게 살아오던 애초의 옛 터전에 직선으로 국경을 그어놓자 오랜 공동체가 나뉘고 갈라지며 이질적 문화가 뒤섞이면서 방황, 분쟁, 반목, 다툼으로 이어져 서로가 서로를 잃고 말았다. 원시의 자연 질서를, 힘을 앞세운 서구의 패권이 마구 뒤흔들어 놓았던 것이다.

헤겔은 일찍이 '아프리카의 역사는 유럽인이 쓴다'라고 말한 바 있다. 아프리카야말로 그 누구에 의해서가 아니라 있는 그 자체가 바로 인류의 역사라 할 만큼 오랜 영혼의 고향이 아니던가. 그러함에도 이곳의 이미지가 계속 강대국의 영향력으로 좌지우지된다면 그것은 더 큰 불행의 연속이 아닐까.

글로벌시대의 아프리카를 다시 생각해 봐야 할 때다.

이발소

    희고 붉고 파란 삼색 원통형이 빙글빙글 돌아가는 그곳엔 어김없이 이발소가 있다. 그 사인이 최초에는 엉뚱하게도 병원의 표시이었다고 한다. 중세 시대 프랑스의 외과 의사들이 치과를 겸하면서 남자의 면도와 이발까지 담당했는데 이를 홍보하려고 삼색의 원통형을 병원선전용으로 건물 밖에 내걸었다. 프랑스혁명 후(1804년) 쟝 바버(Jean Barber)라는 사람이 남성미용만을 전문으로 하는 업소로 전환하면서 시나브로 병원의 이미지는 사라지고 이발소만의 표시로 인식된 결과 지금은 이발소를 아예 Barbershop이라 부르고 있지 아니 한가.

    댕기 머리에 상투를 틀어 올리고 살아온 우리나라에는 언제부터 이발소가 등장했을까. 1895년 임금(高宗)께서 "짐(朕)이 머리를 깎아 신하와 백성들에게 우선하니 대중은 짐의 뜻을 잘 새겨 만국과 대등하게 하라."는 고지와 함께 단발령을 발표하지만, 유생들의 반발로 미적대다가 1900년 2차 단발령이 내려지자 상투를 틀고 망건에 갓을 쓴 사람이 점차 줄어들면서 장안에 하나둘 이발소가 생겨났다고 한다.

내 어릴 적 우리 동네에도 이발소가 두 곳 있었다. '새마을 이발소'는 주인부터 손님까지 주로 어르신들이었고 '삼양이발관'은 청년들의 멋쟁이 산실이었다. 이름부터 다른 이발관엔 스킨과 포마드 냄새에 뉴 헤어스타일 사진들로 치장된 데 반해 이발소는 춘향전 영화 포스터와 '아·나·바·다' 홍보물도 붙어있었다. '아·나·바·다'란 아껴 쓰고, 나눠 쓰고, 바꿔 쓰고, 다시 쓰자는 정부 시책의 소비 절약 운동 구호로써 근검 절약만이 가난을 물리칠 수 있으며 그래야 나라가 부자된다는 설명까지 해 주셨다.

설과 추석 명절이 다가오면 줄을 서서 기다렸다가 순서가 되면 이발소 의자 팔걸이 위에 널빤지를 깔고 올라앉아 빡빡이로 머리를 깎았는데 가끔씩 머리카락이 덜 잘릴 때면 "아~얏" 소리가 절로 날만큼 아팠다.

그 후 대학 진학으로 상경한 서울 생활은 너무도 달랐다. 단정해야 할 두발은 장발이었고 나팔바지가 길바닥을 쓸고 다니기 일쑤였다. 오죽하면 경찰관들이 가위까지 들고 거리로 나와 장발 단속을 했을까.

언제부턴가 이발소들이 '헤어샵'과 '헬로우컷' '바버숍' 등 외래어로 간판이 바뀌면서 이발사 또한 아저씨 대신 젊은 여성들이 머리를 깎아준다. 뿐만 아니라 금남 구역이었던 '미용실'과 '헤어 스튜디오' '뷰티살롱' 등 여성 전용 공간들도 남성들의 이발과 면도를 위해 문을 활짝 열어 놓고 있다.

최근 들어 나에게도 작은 변화가 생겼다. 약속 시간이 많이 남았거나 다음 일정이 어중간할 때 제과점이나 카페에서 시간을 보내던 예전과 달리 '헤어샵'이나 '미용실'을 찾아 면도하고 머리를 감으면 지루할 틈 없이 새로운 기분으로 약속 장소에 나갈 수 있어 좋다.

때때로 시골 여행을 할 때면 그곳에 이발소가 있는지 찾아보곤 하는데 노포(老鋪)를 만났으면 하고 은근히 기대를 건다. 세상의 모든 노포에는 저마다 투박한 세월을 이겨낸 인간 승리의 내공이 숨겨져 있어 그 소중함을 엿볼 수 있어 보물찾기 못잖은 기쁨이다. 그런데 어떤 날은 '아차, 싶을 만큼 촌스럽게 머리가 잘릴 때도 없지 않다. 하지만 그 정도에 기분이 상하거나 좌우되지 않는 것은 노포에 대한 애정이 훨씬 더 크기 때문이다.

하루하루의 일상이 늘 새로운 도전인 것처럼 머리카락 또한 매일매일 새로 자라므로 언제든 다시 다듬으면 그만이다. 이발의 이는 다스릴 이(理)요, 발 자는 터럭 발(髮)이니 머리카락과 더불어 때때로 들쑥날쑥 변덕스러운 마음까지 다스린다면, 잘 정돈된 이발(理髮)과 함께 삶도 한층 더 깔끔해졌다 할 것이다.

축하공연

    매주 토요일 오후 '국악사랑 휘모리'는 마포평생학습관에서 시민 강좌도 진행하고 아마추어지만 봉사활동으로 공연도 한다. 그러던 어느 날 강남 코엑스 3층 C홀에서 교육부와 서울특별시교육청이 주최한 전국 평생교육 축제에 초청받았다. K아나운서의 사회로 정부 부처 인사와 교육청을 비롯한 기관장 및 내빈이 소개된 다음 개막선언에 이은 축하공연 순서였다.

    우리의 연혁이 소개되자 장내는 금세 조용해졌고 모든 시선이 무대로 향했다. 상(上)장구와 수(秀)북에게 눈길을 주었다. 연습 때 주문한 대로 평소보다 약간 빠르고 박진감 있게 점고를 울리고 춘정을 못 이긴 님이 살며시 품에 안기듯 조용히 '웃다리 7채' 본 가락으로 서막을 내고, 마당 3채 쩍쩍이를 곁들여 흥을 돋우면서 천 길 벼랑의 폭포수처럼 가락을 달구었다.

    맨 앞자리의 교육감님과 눈이 마주치는 순간 이슬방울이 햇살에 녹아내리듯 잔잔한 가락으로 박(拍)을 굴리고 '그랑그랑 객개~ 갱그라 객개' 맺이를 위한 상. 부쇠 짝드림 놀이로

태산이 무너지듯 있는 힘껏 빠르고 강하게 조이고 풀기를 거듭하면서 숨이 멎을 듯 끌어올렸더니 관중석에서 갈채와 함께 기립박수가 쏟아졌다.

아리랑 아리랑 아라~리~요/ 아리랑 고개로 넘어간~다/
평생교육은 우리의 소망/ 열심히 공부하여 나라 사랑하세

아리랑 개사곡(曲)으로 커튼콜까지 마쳤다. 객석을 향해 풍(風:징), 우(雨:장구), 운(雲:북), 뇌(雷:쇠) 4신(四神)의 울림으로 풀어낸 7분간의 연주가 눈 깜짝할 사이 지나갔다. 아니 70분은 된 듯했다.

본디 민속 풍물이란 내가 받은 감동을 더 많은 사람에게 전달하는 내면의 춤사위이자 영혼의 천둥소리이기 때문에 듣고 보는 이에게 기쁨을 선사하는 절묘한 장단과 가락이 숨겨져 있다. 판소리 명창 안숙선, 살풀이춤의 이매방, 사물놀이의 김덕수 등 예인들이 가시덤불 헤쳐 온 고난의 길은 우리 민족의 과거사와도 많이 닮아있다. 절대 난관의 늪에 빠졌을 때도 그 한(恨)을 흥으로 바꾸려 무던히 애써온 그들의 뒷모습을 나는 잘 알고 있다.

무대 인사를 마치고 단을 내려오는 발걸음이 어느 때보다 가볍다. 막 뒤에서 초조하게 기다렸을 회원들의 표정에 웃음꽃이 피었다. "선생님, 목마르시죠?" 건네준 물 한 모금에 사랑이 넘친다. 국악사랑 휘모리 회원들의 정겨운 고마움이다.

객석에서는 보이지 않지만, 공연을 위해 무대 뒤에서 애써준 제자들이 너무 자랑스럽다. 관중석에서는 무대에 출연한 연주자에게만 관심을 가질 뿐 정작 그들을 뒷받침하며 돕고 있는 뒷광대(Staff)들의 수고엔 눈길이 미치지 못한다. 무대 뒤의 어느 한 사람이라도 소홀하면 그 공연은 성공하기 어렵다.

오늘 이 순간을 위해 그들은 바쁜 일상을 쪼개어 무거운 쇳덩이(징)를 머리에 이어 나르고 조심조심 장구를 가슴으로 안아 옮겼다. 선배들이 복색을 갖춰 입을 땐 옷매무시를 바로잡아주었고 분장이 땀방울에 지워질세라 부채질도 마다하지 않았다. 많은 후배가 본분을 아끼지 않았기에 우리는 오늘 새로운 역사를 쓸 수 있었다.

언젠가 북극권을 여행하던 중 어느 마을에 들렀을 때 삶이 결코 일방적이지 않음을 이르고 있는 에스키모인들의 일화 하나를 나는 지금도 기억하고 있다. 얼음집에서 살다가 노인이 되고 생을 다했다고 느낄 땐 스스로 이글루를 떠나 북극곰이 사는 곳으로 찾아가 그 먹이가 됨으로써 삶을 마친다고 한다.

남은 가족에게 짐을 덜어 주고 훗날 그 곰이 내 후손들의 먹이가 되어주기 때문이라 풀이하고 있다. 젊어 주인공이었던 그가 노년에 이르러 남은 가족을 위한 마지막 헌신으로 자신을 던져 생을 마치고 있는 거룩한 모습이 전율마저 느끼게 했던 알래스카의 추억이다.

선배는 선배답게 자만하지 않고 더욱 기예 연마에 솔선수
범할 것이며, 후배 또한 이를 본받아 묵묵한 자세로 배우고
익히는 겸양에 소홀해선 안 될 일이다.

모두가 본분을 지키며 최선의 노력을 다해야 하는 공존의
이유는 오직 '예술의 향기'를 함께 누리며 모든 이들이 '행복
의 가치'를 고루 나눠 가져야 하기 때문이다.

탱고의 추억

프란체스코 가톨릭 교황님과 축구 영웅 메시의 고국인 아르헨티나, 70여 년 전만 해도 세계 7대 부자나라였다는데 어찌하여 지금 '아르헨티나 병'이라는 오명으로 몸살을 앓고 있을까.

LA에서 환승 23시간 만에 도착한 부에노스아이레스는 '7월9일대로'를 중심으로 유럽과 많이 닮아있었다. 도시의 얼굴인 광장에는 많은 여행자가 모여들고 있어 그곳에서 첫날을 맞으면 배낭여행의 일정을 쉽게 그릴 수 있다.

광장 한편에 옹기종기 사람들이 모여 있어 한 축 끼어 보았다. 잠시 후 한 남자가 나와 금발의 여성을 향해 눈인사로 동의를 구하고는 손을 내밀자 여인이 이끌려 나오는데 아뿔싸 남자의 목에 팔을 감고 매달리듯 등장하는 게 아닌가.

제자리에서 한두 번 스텝을 밟더니 탱고(Tango) 리듬에 따라 둘이 하나 되어 멋지게 춤을 춘다. 이 나라 보통 사람들의 일상 모습이라고 한다.

아무리 봐도 탱고는 포옹을 위한 춤인 것 같다. 상체는 왈츠 자세로, 하체는 자유롭게, 리듬이 빨라지자 중심이 하체로

쏠리며 상대의 영역을 침범한다. 상대방의 가랑이 사이에 다리를 넣어 갈고리처럼 감는 모습이 마치 우리나라 민속 씨름의 '안다리걸기'와 '호미걸이' 비슷해 넘어질 것만 같아 아슬아슬하다. 남녀 다리 4개가 서로 엮이고 풀리면서도 결코 쓰러지지 않고 둘이 하나 되어 잘도 돌며 깊숙이 엉키고 풀고 다시 또 돈다.

춤이 끝났는데도 서로 기댄 채 잠시 숨을 가다듬는다. 왠지 모를 연민의 정이 느껴진 것은 이방인의 오해였을까. 화끈한 춤을 통해 에너지를 발산하였음에도 못다한 정을 깊이 삭히려는 듯 보였기 때문이다.

잠시 후 또 다른 남자가 새로운 여인을 파트너로 삼아 '다리 넷의 예술' 탱고 춤이 계속된다. 지켜보던 지구촌의 구경꾼들이 "원더풀!"과 박수를 아끼지 않는다. 공짜인 데다 원초적 끼를 온몸으로 느낄 수 있어 좋았다.

우리가 보릿고개를 겪던 시절 부에노스아이레스는 '남미의 파리'로 불렸다는데 풍요와 낭만도 과하면 탈이 되는 걸까. 정치권의 이념 갈등으로 사회가 양극화되면서 혼란 속에 진보좌파 '페론(Peron) 정부'가 들어선 후 애국을 앞세워 외국 자본과 대기업을 배타하고 기간산업을 국유화하며 친노동 정책에 '국민이 원하는 건 다 해 준다.'라는 무상복지로 방만했으니 국가 재정은 파탄이 나고 지식층은 해외로 떠나가기 바빴으며 일자리를 잃은 사람들이 빵을 달라며 거리로 뛰쳐나와 시위, 농성, 폭동 등으로 허구한 날 혼란이 계속되면서 결국 국가 디폴트를 맞았다.

그런데도 공짜 복지가 차고 넘치던 과거를 소재로 한 영화 에비타(Evita)의 주제 음악 〈Don't cry for me Argentina〉를 아직도 즐겨 부르고 있다니 무상복지의 후유증이 이렇게 무서운 것일까. 아이러니가 따로 없다.

아직도 페론 대통령의 영부인이었던 '에비타'의 초상이 새겨진 100페소(약 1,400원) 지폐가 사용되고 있었고, 과거 정부의 포퓰리즘이 남긴 나라 빚으로 온 국민이 고통받고 있는 저들의 참담한 현실이 마음을 무겁게 한다.

그럴 때면 이따금 광장을 찾아 여럿과 어울리곤 했다. 탱고는 오래전 아프리카에서 팔려 온 노예들이 부두에서 막노동하며 고향에 대한 그리움을 풀 길 없어, 그 절절한 심경을 격렬한 몸짓으로 표출한 데서 유래했다고 한다. 초기의 막춤은 매우 천박했으나 그 후 일반대중을 거쳐 유럽까지 건너가 지금은 유네스코 세계 무형 문화유산의 반열에까지 올라있다고 한다.

한국에서의 '탱고'는 정열을 떠올리는 단어였는데 여기에선 "외로움을 모르고서는 탱고를 말하지 말라"고 한다. 깊게 쌓인 외로움을 짧은 정열의 순간으로 뿜어낸 게 탱고라고 길동무 미스터 똘레로가 설명했었다.

한때 한국에서도 흥행했던 알 파치노 주연의 탱고 주제 영화 〈여인의 향기〉를 추억하며 우리에게도 귀에 익은 노래 〈라 쿰파르시타(La Cumparsita)〉를 큰 소리로 불러 본다.

이 메아리가 지구 반대편 부에노스아이레스 그곳으로 날아가 고마웠던 길동무 똘레로에게 "부디 꿈과 희망을 잃지 말라…." 전해졌으면 좋겠다.

윤동주 기념관

그가 대학 시절 잠 못 이루던 곳은 서울 신촌의 연희(延禧)전문학교 기숙사(핀슨관)였다. 그곳이 오늘의 연세(延世)대학교로 발전하면서 캠퍼스에 많은 변화가 있었음에도 유독 핀슨관(사적 275호)만은 옛 모습 그대로다. 얼마 전 지구촌을 휩쓴 코로나19 팬데믹 중에도 인테리어를 무사히 마치고 '윤동주기념관'으로 새롭게 태어났다.

백양로 지나 언더우드(H.G.Underwood) 동상을 만나고 그 왼편의 기념관(Pinson Hall)에 들어서면 1층 중앙홀 양옆 전시실에서 흐르는 은은한 불빛이 방문객을 반겨준다. 오래전 그가 기숙사 생활을 할 때도 저녁이면 방마다 두런거리는 목소리들이 이처럼 새나왔지 싶다. 새 단장을 하면서도 예전의 모습을 재현하는 데 최선을 다했다고 한다.

첫 번째 전시실 '서시(序詩)'에 들어서면 그의 삶이 배인 친필 원고와 작품집들이 가슴 깊은 설렘으로 다가온다. 다음 방에서 해방, 전쟁, 가난 등 격변기 힘겨운 수난의 강을 건너면, 세 번째 방 '소년'을 만나 그가 태어난 북간도(연변) 명동촌 집에서 조선어의 정체성이 어떻게 싹텄는지를 가늠해 볼 수 있게 된다.

네 번째 방은 제2차 세계대전의 전운이 감도는 혼돈 속에서도 민족정신을 새기고 세계문학에 눈을 뜨며 성장한 새로움을 엿보고, 다섯째 방 '자화상'에 이르면 연희전문 학창 시절 시대의 빛을 찾아 헤매던 청년의 자화상과 마주한다. 그다음 '별 헤는 방'을 지나 마지막 전시실 '종시(終始)'에선 일본 유학 시절의 발자취를 더듬으며 다다미 6쪽 방에서 써 내려간 시편들을 만나게 되고 벅찬 가슴을 쓸어내린다. 그런데 이 무슨 억장이 무너질 일인가? 어느 날 우체부(집배원)가 배달한 사망 통지 전보(電報) 한 장이 그의 삶에 종지부를 찍다니….

학생 윤동주가 생활했던 방은 1층 끝자락에 있다. 들어서자 1938년 7월 25일자 케케묵은 달력이 시선을 사로잡았는데 이는 그날이 첫 기말고사를 치르던 날이었다고 한다. 단출한 책상과 침대 위에 책보가 놓여 있었다. 그렇다. 그때는 가방이라는 게 웬만한 처지로는 그림의 떡이었을 것이다. 하긴 우리들도 책보를 둘러메고 국민(초등)학교를 다녔다.

그는 태어나고 자란 연변 땅 명동 마을의 부모 형제를 떠나 머나먼 한성(서울)까지 붕정만리 유학을 온 조선 청년이었다. 그에게 기숙사란 비바람은 물론 세파의 어수선함을 피해 공부할 수 있는 유일한 공간이었을 것이다. 그랬던 그의 청년 시절을 회상하며 말을 걸어 볼 수 있는 방이기에 더욱 소중한 공간이 아닐 수 없다.

지금도 건강하게 활동하고 계신 노익장의 김형석(104세) 교수님이 그때 그의 동무(벗)이었다고 하니 격세지감일까, 세월 무상일까.

그외에도 미디어아트전시실도 있다. '흐르는 거리'라 이름한 공간에서는 귀에 익은 〈서시〉 "죽는 날까지 하늘 우러러 한 점 부끄럼 없기를/ 잎새에 이는 바람에도 나는 외로워했다…" 등 그의 대표작들을 4개국어로 들을 수 있고 또 다른 방 '길'로 건너가면 명시(名詩)들을 빛과 소리로 감상하면서 그가 태어난 고향 북간도에서 직접 녹취해 왔다는 바람과 물과 자연의 소리가 특수음향으로 귀 호강을 시켜준다. 참으로 감사한 물아일체의 경이로운 명상 체험이라고나 할까.

3층 도머(dormer) 창은 경사진 지붕을 좀 더 넓게 쓰고자 돌출시킨 공간으로 서구식 양옥의 특이한 모습이다. 도머 창을 통해 바라본 캠퍼스는 더없이 아름답다. 아마도 창가에 서서 청송대(聽松臺) 바람 소리를 들으며 고향, 하늘, 별, 어머니, 사랑, 삶, 길, 고난, 그림자, 민들레, 담, 자유, 평화 등 시어(詩語)들과 함께 너 하나, 나 하나 별을 헤지 않았을까 상상을 해본다.

윤동주(尹東柱 1917~1945)는 한국인이 사랑하고, 일본 사람들도 기억하며, 세계인이 공감하는 글을 남긴 자랑스러운 우리 형제로 서슬이 퍼런 일제강점기 치하에서도 조선인의 얼을 되새기며 문학을 통해 시대와 삶의 방향성을 추구했던 청년이었다.

1945년 2월 16일 일본 후쿠오카 형무소에서 생을 마치기 전 "모든 죽어가는 것들을 사랑"하는 마음으로 또박또박 의연하게 조선어(한글)로 글을 썼던 애국 청년 윤동주, 그의 삶과 그가 남긴 작품들을 되새기며 그와 함께 호흡할 수 있어 행복했던 그곳, 남다른 추억의 백양로 길을 반추하며 손주들 데리고 가족 동반으로 다시 들르고 싶다.

이스탄불

이스탄불은 지중해에서 흑해로 이어지는 보스포루스해협을 사이에 두고 동서양이 교차하는 중간자적 위치의 흥미로운 도시다. 또한 역사적으로 유럽의 기독교 세력과 아시아의 이슬람 세력이 오랫동안 패권을 두고 다투었던 곳이기도 하다. 술탄 마호메트 거리와 갈라타(Galata) 대교 주변을 돌아다녀 보면 동서양의 분위기가 혼재되어 있음을 확연히 느낄 수 있다.

이 도시의 상징적 문화유산인 '아야 소피아'를 다시 찾은 것은 거의 16년 만의 일이다. 그 사이 국명(國名)이 6·25참전국 형제의 나라 '터키'가 '튀르키예'라는 낯선 이름으로 바뀌어 있어 잠시 혼란스러웠다.

서구인들은 일찍이 파리에서 이스탄불까지 유럽대륙을 횡단하는 기찻길을 개척하여 1882년부터 초호화 열차 '오리엔탈 특급' 철마를 타고 서부 실크로드의 종점이자 동방으로의 시발인 이스탄불까지 오가며 호사를 누렸다.

한때 서울에서도 흥행했던 〈오리엔탈 특급〉 영화를 두 번씩이나 보면서 '나도 나중에 꼭 그 특급열차를 타볼 꺼야' 야무진 꿈을 품었는데 안타깝게도 지금은 현대문명에 밀려 역사의 뒤안길로 퇴장했다고 한다. 소중히 간직하고 싶은 보물 하나를 잃은 것 같아 아쉬움이 크다.

그 오리엔탈 특급의 종점이었던 이스탄불 시르케지역(驛)은 19세기 특유의 옛 모습 그대로 고풍스러웠다. 대합실은 지구촌의 여행자들로 와자지껄한 가운데 잠시 커피 한 잔으로 흘러간 영화 오리엔탈 특급의 명장면들을 회상하고 있는데 꽃미남 젊은이가 다가와 "앙~용 게스트하우스 아주 조와. 오케이?" 한다. 우리말을 여기서 듣다니 세상 참 많이도 변했구나 싶은 순간, 그를 해코지 대상으로 의심하며 잠시나마 경계했던 속내를 풀면서 "암 쏘리, 감사합니다"를 두 번 말해주었다.

서둘러 찾아간 '아야 소피아'는 과거 6세기경 이곳이 동로마 제국의 수도였을 때 콘스탄티노플 언덕 위에 세운 기독교 성전으로 당시로서는 상상을 초월한 최대 건축물이었다고 한다. 그 후 오스만제국의 마호메트 2세에 의해 콘스탄티노플이 함락되고 도시 이름조차 '이스탄불'이라 바꿔 버린 다음 기독교 흔적을 모조리 지우기 시작했는데 소피아 성전만은 너무 웅장하고 아름다워 차마 부수지 못하고 그 대신 이슬람(Islam)사원으로 대체 사용하면서 실내를 쿠란(Quran)으로 장식하기 시작, 기독교와 이슬람의 종교예술이 공존하는 이변을 낳았다.

20세기 초 세속주의의 터키공화국이 수립되면서 이번에는

모스크가 박물관으로 바뀌어 출입이 자유로운 공간으로 개방
되었다.

직장 은퇴 후 시간적 여유를 갖고 찬찬히 역사적 의미를 더
살펴보고 싶은 간절함에 애써 다시 찾은 아야 소피아, 16년
전 배낭여행으로 처음 들렀을 때 주마간산 격으로 박물관을
투어했던 게 늘 아쉬웠다. 그때 1층의 위압적이고 거대했던
이슬람사원 특유의 쿠란 경전 문양들이 기둥마다 가득했던
기억들은 아직도 또렷하게 남아있다.

오늘은 입구에서부터 새삼스럽게도 사원(Mosque)임을 강
조하더니 1층은 이슬람교도만을 위한 성전이라며 입장 불가
라고 잘라 말하고는 이슬람교도가 아닌 방문객은 2층만 볼
수 있다고 한다. 2020년부터 그리 변경되었다니 할 말이 없
다.

할 수 없이 건물 뒤편으로 돌아 별도 출입구를 통해 2층으
로 올랐다. 예전의 기억이 아직도 생생한 초기 기독교 성화
황금빛 모자이크 성 모자상이 반가이 맞아주는 것 같아 조금
위안이 되었다.

성화와 함께 평화로이 공존하고 있는 거대한 아랍어 캘리
그라피 등 두 종교문화가 혼재되어 있는 2층 갤러리 공간은
여전히 아름다웠지만 전체를 자유로이 오르내리며 역사적 의
미를 찬찬히 더 살펴보고 싶었던 서울에서의 야무진 기대는
정녕 꿈이 되고 말았다.

파리에서 '오리엔탈 특급'을 타고 이스탄불 종착역에 내려

'아야 소피아'를 마음껏 다시 보고 싶었던 로망이 이토록 한 낱 꿈으로 끝날 줄이야. 학창 시절에 품었던 희망은 야속하게 도 허사가 되고 말았다.

어제까지의 기대에 부풀었던 추억과 선망들을 가슴에 품은 채 그냥저냥 지냈더라면 오늘의 실망이나 아쉬운 미련 따위 없이 오히려 더 좋은 느낌으로 지낼 수 있을까? 온갖 상념들 이 오락가락 파노라마를 친다.

돌아 나오면서 불현듯 피천득의 수필 〈인연〉의 한 소절 "세 번째는 아니 만났어야 좋았을 것"이라 했던 마지막 구절 이 이토록 절절히 가슴에 와닿을 수가 없다.

뮤지컬 『영웅』

　안중근 의사 숭모회 초청으로 LG아트센터 서울에서 신작 뮤지컬『영웅』을 관람했다. 빈자리 없이 만석을 이룬 장내는 숙연하기까지 했다. 무대는 1909년 2월 7일 매서운 찬바람이 살을 에는 동토의 땅 연해주 남단 크라스키노, 눈 덮인 자작나무 숲속에 안중근 의사와 김기룡, 황병길, 백규삼 등 11명 동지와 함께 단지동맹(斷指同盟)의 결의를 다지고 태극기에 '대한독립' 네 글자 혈서를 쓴 다음 대한독립 만세를 외치며 막이 올랐다.

　중국 하얼빈역(驛)에서 일제의 우두머리 조선통감 이토 히로부미를 권총으로 제거한 안중근 의사가 거사를 준비하던 시점에서부터 그 후 단둥 뤼순 감옥에서 삶을 마감할 때까지를 무대에 올린 대작이다.

　잘 알려진 내용이라도 무대를 어떻게 구성하고 연출하느냐에 따라 감동과 여운에 온도 차가 컸음이 새삼스러웠다. 본인이 직접 작사 작곡했다는 안중근의 노래 일명 〈장부가〉와 〈옥중가〉는 뮤지컬을 보는 내내 극적 효과를 더해주면서 그 비장함이 온몸을 전율케 했다.

대장부 세상에 처함이여/ 그 뜻이 크도다/ 시세가 영웅을 만듦이여/ 영웅이 시세를 만들도다/ 천하를 응시함이여/ 어느 날에 성공할꼬/ 만세 만세여 대한 동포로다 ….

위의 가사 내용 전문은 1910년 2월 18일자 대한매일신보에 대서특필 됐으며 그중 일부는 다음과 같은 직설(直說)도 포함돼있다고 한다 ….

만났도다 만났도다/ 원수 너를 만났도다/ 오늘부터 시작하여 하나둘씩 보는 대로/ 내 손으로 처단하리라 ….

상상만 해도 숨이 멎을 듯 격분의 심정을 어찌 다 헤아릴 수 있으랴.
안(安) 의사는 대한독립을 위해 조국을 떠날 때 다음과 같은 글귀를 남겼으니 ….

사나이 큰 뜻 품고 타국으로 떠나가니/ 살아서 성공 못 하면 죽어서 돌아오지 않으리/ 유골을 구태여 선조의 무덤 옆에 묻으랴/ 세상엔 가는 곳마다 청산이 무진한데 ….

그를 단순한 애국청년으로만 여겨온 지난날들이 오늘따라 이렇게 부끄러울 수가 없다. 그는 할 수 있는 모든 방법의 독립운동을 행동으로 옮긴 무실역행의 실천가였다. 1905년의 을사늑약을 계기로 2개의 학교를 개설하여 교육에 열과 성을 다했고, 서우학회에 가입해 계몽 활동에도 힘썼으며, 서북지방의 국채보상운동을 주도하는 등 평화적인 독립운동에 솔선수범 앞장섰다.

그 후 러시아로 망명해 1908년 동지들과 '연추의군'을 조직함으로써 독립군에 의한 자립 기반을 스스로 다진 선구자였다. 1909년 10월 26일의 하얼빈 의거는 한반도와 만주, 일본, 중국, 러시아 등 주변의 국제질서에 매우 큰 사건이었다.

일경에 체포된 안 의사는 뤼순 법정에서 "나는 죄인이 아니다. 나는 대한 의군 참모중장으로 적장을 처단했으니 전쟁 포로로 대우하라."고 당당히 외치며, 죄인은 바로 이토 히로부미라 일갈하고 그의 죄목으로 명성황후를 시해한 죄, 고종황제를 폐위시킨 죄, 무고한 조선인을 학살한 죄, 조선 군대를 해산시킨 죄, 동양 평화를 파괴시킨 죄 등 15개 항목을 낱낱이 천명해 일본인 검사와 판사들을 놀라게 했으며, 당시 중국의 국부 손문(孫文) 선생은 친히 안 의사에 대한 추모시를 발표함으로써 이후 중국인들의 구국운동에 방향타가 되어 지속적으로 지대한 영향을 미쳤다.

우리가 안(安) 의사를 일러 '만고의 의인' 혹은 '민족의 영웅'으로 마음 깊이 새기고 있는 것 못지않게 적대국이었던 일부의 일본인들조차 안 의사를 동양평화론을 구상 제창한 뛰어난 선구자적 사상가로 여겨 지금껏 추앙하고 있으며, 중국인들 또한 동양 평화와 세계평화를 위해 자신을 헌신한 영웅

이자 위인으로 여기고 있다. 그리고 보면 안 의사는 우리만의 인물이 절대 아니지 않은가. 늦었지만 이제라도 안 의사가 왜 진정한 세계평화의 위인인가를 널리 외치고 싶다.

안중근(安重根 1879~1910) 의사는 시간(時間)을 넘어 불멸의 영웅으로 우리에게 존재해 왔고, 그는 세상의 행간(行間)을 평화 사상으로 채운 위인이었으며, 인간(人間)의 숭고한 뜻을 세계만방에 떨침으로써 새로운 대한국인의 기상을 일깨운 선각자이었음에 새삼 고개를 숙인다.

그땐 그랬지

한 해가 저문다. 겨울 햇살 희미한 하늘에 회색 구름 서너 점이 고즈넉이 떴다. 상념일까, 회한일까. 지나온 삶의 궤적들이 앞서거니 뒤서거니 숱한 사연을 안고 어제 그제 일인 양 피어오른다.

오래전 형들만 셋인 큰집과 2남 3녀의 작은집, 3남 1녀의 우리 집이 서로 이웃하고 있어 열두 명의 사촌들이 옹기종기 티격태격 함께 자랐다. 우리 집은 한옥으로 부모님이 계시는 안방과 별도의 누나 방 외에 우리 3형제는 건넌방 하나가 전부였다. 재봉틀과 캐비닛 그리고 콩나물시루가 있던 대청마루는 두레상이 놓이면 식당이 되었고 손님이 오시면 응접실이 되었다가 여름철이면 대형 모기장 덕분에 합동 침실이었다.

문제는 겨울철인데 마루에 난로(19공탄)를 놓아 비좁기가 여간 아니었으나 우리에게는 애정 어린 추억의 공간이었다. 난로를 설치할 때부터 냉(冷)골인 마루가 훈훈해질 생각에 미리 신이 났다. 하얀 연기가 하늘로 피어오르면 동그란 연통 위에는 널어놓은 양말과 수건이 말라갔고, 어쩌다 난로에 가

래떡이라도 구워 먹을 때면 덮개의 위생 나위는 생각할 겨를도 없었다. 그리고 난로 위 들통의 더운물은 아침마다 세수하고 머리를 감는데 매우 소중한 온수였다. 부지런한 누나가 항상 1등이었다.

검정 고무신(기차표)을 챙겨 신고 책을 보자기로 싸 어깨에 메면 필통에선 달그락 소리가 났다. 결국은 '연필이 골았다'라는 투정 속에 늘 몽당연필 신세를 면치 못했다. 교실이 모자라 1~2학년은 오전반과 오후반으로 2교대 수업을 했는데 한 반이 보통 60~70명이나 되었다. 빼곡한 교실은 언제나 소란스러웠고 책상과 걸상을 두고 짝꿍과 웬 영역 다툼이 그리도 심했었는지…. 땡 땡 땡 종이 울리면 선생님의 첫 말씀은 늘 "쉿~ 조용히~"였다.

오전반이 끝나면 운동장 모퉁이의 급식소로 달려가 줄을 서기 바빴다. 점심으로 바다 건너 UN에서 보내줬다는 강냉이 가루죽(粥)과 분유(粉乳) 찐빵을 분배받아 죽은 그 자리에서 먹고 빵은 아껴서 아직 학교에 다니지 않는 동생 몫으로 집에까지 챙겨 갔다. 그사이 딱딱하게 굳어졌는데도 동생은 맛있다며 기다리곤 했다. 하지만 봄가을 원족(소풍) 날 만은 예외여서 김밥은 물론 눈깔사탕과 곶감이랑 사이다에 미군용 츄잉껌과 비스킷 과자를 맛보았던 기억이 어느새 아스라하다.

지금처럼 과외와 학원이 없던 그 시절 학교에서 돌아오면 후딱 숙제를 끝내고 밖에서 동무들과 노는 게 일이었다. 주말이면 들과 산으로 나가 뽀삐, 산딸기, 찔레순, 다래, 머루 따 먹기도 하고 개울에서 우렁이, 미꾸라지, 개구리도 잡아 논두렁에서 구워 먹는 게 놀이였다.

심술대장 형(兄)아를 만나면 해가 지기를 기다렸다가 그의 작전에 따라 망보는 조와 돌격대로 나뉘어 참외, 수박 서리를 했다. 성공보다는 호랑이 아저씨에게 들켜 호되게 경을 치르곤 했는데 그 순간의 간절한 바람은 '제발 우리 아빠에게만은 알리지 말기를 애걸'하며 용서를 비는 일이었다. 호랑이 아저씨가 그 약속을 지켜준 걸 생각하면 진짜 어른이 그분이었구나 싶어 고개가 숙어지는 대목이다.

학교의 특별 배려로 단체관람을 했던 영화 〈검사와 여선생〉의 마지막 장면을 생각하면 지금도 코허리가 찡하다. 흑백(黑白) 화면 무성(無聲)영화였기에 등장인물들의 대사(이야기)를 '변사' 한 사람이 즉석에서 별도의 마이크로 1인 다역(多役)을 감당했음에도 내용의 희로애락을 어찌나 실감나게 읊었던지 우리는 화면의 흐름에 따라 웃고 박수치고 흐느껴 울기도 했다.

이맘때면 갖는 가족 송년 모임 날 아이들과 이런저런 이야기들을 나누긴 했으나 너나없이 핸드폰에 머리숙인 위력 앞에 '세월 참 무심하다.' 속으로 삭인 후 "이제는 대충 입을 닫아야지 … 다짐을 해본다."

세월! 귀에 딱지가 앉은 말이고 보면 앞으로 30년(1세대) 후라 하여도 눈 깜짝할 사이일 텐데 해마다 1인 가구가 늘고 있다는 믿기지 않는 뉴스가 계속되고 있어 마음을 무겁게 하고 있다. 다음 세대들은 어떤 세상을 어떻게 살며 어떤 국가, 사회, 가정을 꾸려갈까.

아무리 생각해도 헛헛한 마음 가눌 길 없다. 지나온 삶이 한 편의 드라마인 것 같아 먹먹하지만 그럼에도 그때 그 시절이 그리워지는 건 애꿎은 연민 탓일까?

메리 크리스마스

유년 시절의 크리스마스를 생각하면 설날 못지않은 기쁜 날이었다. 설날 동네를 돌면 어르신께서 세뱃돈을 주셨고, 형 따라 성탄절 날 교회에 가면 공책 연필도 얻고 사탕도 먹으면서 언니들의 연극도 너무 재미있었다.

특히 성탄전야에 손을 호호 불며 밤새껏 어른들을 따라다니며 "고요한 밤 거룩한 밤"을 부르면서 가정방문을 마치고 나면 뜨끈한 떡국에 생전 처음 보는 서양과자(초콜릿)도 맛볼 수 있어 "기쁘다 구주 오셨네"이었다.

꼭 기독교인이 아니더라도 성탄절 즈음의 인사말로 "메리 크리스마스(Merry Christmas)"가 보통이지 싶은데 이 말은 언제 누구에 의해 처음 시작됐을까.

영국 헤리퍼드 성당 기록보관소의 자료에 의하면 1520년 경 '부스' 주교가 동료 '윌리엄 버길'에게 보낸 편지에서 "이번 크리스마스에 자네가 평온하고 즐겁기를(may be well and merry this Christmas)"이라고 썼는데 아마도 그게 최초로 학자들은 추정하고 있다.

이렇듯 예수그리스도의 탄생일인 크리스마스가 언제부턴

가 우리에게도 연말 분위기와 함께하고 있다. 그렇게 너나없이 공감하던 시절, 서울 명동은 크리스마스 축제 1번지였다. 강추위나 폭설 등 일기에 관계없이 명동성당을 중심으로 발 디딜 틈 없이 모여든 시민들은 거리에서 울려 퍼지는 크리스마스 캐럴송이 마치 자신을 위한 생일 축하 노래라도 되는 양 어깨를 들썩이며 즐거워했다.

젊은 연인들이라면 꼭 챙겨야 하는 필수코스가 되었는데 가벼이 간과하면 연인 간에 '삐짐'이 일어날 수도 있는 그런 날이기도 했다.

그리 오래되지 않은 어제 그제의 추억들이다. 그런데 지난해 크리스마스 전야의 명동 거리는 의외로 축 성탄 플래카드 예닐곱 점과 반짝이는 트리 십여 개 정도일 뿐, 매우 한산한 분위기였다고 한다.

한때는 이미자, 조용필, 나훈아 등 인기가수가 캐럴을 부르고 심형래, 최양락 등 개그맨까지 시샘이라도 하듯 캐럴 부르기에 가세한 시절도 있었는데 그게 어느새 옛이야기가 되어버렸다. 엄격해진 캐럴 저작권료 때문이라고 하지만 꼭 그런 것만도 아닌 성싶다.

북적이던 크리스마스 풍경의 퇴조 현상은 사회의 시대적 변화라는 시각이 대두된 지 오래다. 저마다 손에 쥔 핸드폰이 언제 어디서든 기분을 맞춰줄 수 있고 저(低)출산으로 산타클로스 할아버지의 역할도 크게 줄었으며 젊은이들은 오히려 핼러윈데이에 더 열광하면서 특정 종교에 얽매이지 않으려는 성향도 무시할 수 없는 시류라고 꼬집기도 한다.

더 나아가 성탄절과 석탄일이 공휴일이면 국군의 날, 어버이날도 공휴일이어야 한다는 주장까지 세를 불리고 있는 게 오늘의 현실이기도 하다. 게다가 코로나19 팬데믹이라는 초유의 재앙(疫病)이 '마스크'로 입을 가리고 사람이 모이면 안 되는 세상을 만들어 휩쓸고 지나가면서 더더욱 확연히 달라진 것 같다.

이제 남은 달력은 단 한 장, 이렇게 한 해가 또 저물어 가고 있다. 이맘때쯤 예전엔 송구영신(送舊迎新) 혹은 근하신년(謹賀新年)이라는 연하장을 무더기로 우체통에 넣었던 적도 있었고, 또 루돌프 사슴부터 징글벨, 산타클로스, 아기 예수 등 다양한 그림과 멋진 사진들의 예쁜 크리스마스카드가 봇물처럼 쏟아져 나왔고 백화점 입구에 특설 코너까지 등장했었다.

그런데 요즘은 문방구 진열대에서조차 더부살이 구석자리로 밀려나 있다. 아무리 스마트폰(카톡) 시대라 하지만 격세지감을 느끼기조차 숨이 가쁘다.

종교의식이나 카드 문화의 변화와 상관없이 한 해를 마무리하는 하이라이트는 그럼에도 역시 '사랑과 평화'의 상징 성탄절 크리스마스가 정점이 아닐까 싶다.

크리스마스는 인종, 이념, 종파를 초월하여 모두가 함께하는 화해의 날이며 특히 젊은이들이 꿈과 희망을 노래하는 모습은 청춘이기에 더욱 아름답다.

너나 할 것 없이 누구를 막론하고 이 날만은 그새 미흡하고 섭섭했던 일일랑 죄다 털어버리고 작은 고마움이라도 크게 감사하는 통 큰 날이 됐으면 좋겠다.

"하늘에 영광, 땅 위엔 평화"

이 얼마나 은혜롭고 감사하고 오래도록 가슴 깊이 고이 간직해야 할 삶의 덕목이 아니겠는가?

우리 모두 "하이, 메리 크리스마스"다.

시베리아 횡단

러시아의 유럽을 향한 관문 레닌그라드, 지금은 상트페테르부르크라 부르고 있다. 세계 3대 박물관인 '대영박물관' '루브르박물관'과 나란히 '에르미타주'가 있어 유명세를 더하고 있다.

러시아문학의 요람이기도 한 그곳에는 소설 같은 이야기지만 소설이 아닌 실제상황이 벌어졌던 곳이기도 하다. 아내 나탈리아의 염문 때문에 푸시킨이 당테스를 불러 결투를 벌였다는 자작나무 숲엔 스산한 바람만이 허허로울 뿐, 인걸은 간데없이 텅 비어있었다.

야간열차로 밤새 달려 모스크바에 닿고 대학로를 찾아 아르바트 YH(유스호스텔)에 배낭을 풀었다.

꼭 타보고 싶었던 모스크바 지하철을 체험하며 한러문화센터를 방문했을 때 마침 러시아 문학계의 까레이스키(고려인) 아나톨리 킴(金)을 소개받아 차(茶)담을 나눌 수 있어 기뻤다. 우리말이 어눌했으나 대화 끝에 내년에 그가 한국에 온다니 그럼 "서울에서 또 만나자" 약속했다. 그의 각별한 배려로 다음 날 오후 크렘린궁(宮) 인민대회당에서 관람한 볼쇼이 발

레단의 〈백조의 호수〉 오리지널의 감동을 나는 지금도 잊을 수가 없다.

시베리아 횡단은 모스크바에서 극동 연해주 블라디보스토크까지 9,288km를 기차로 8박9일 동안 달려야 한다. 이름도 거창한 크라스나야 스트렐라(붉은화살) 열차 3-1-6호에 올랐다. 러시아인과 아랍인이 룸메이트가 되었으나 영어가 통해 다행이었다.

창밖으로 끝없는 벌판이 지나고 가끔씩 자작나무 숲도 몇 시간씩 동행한다. 어디선가 잠시 정차했던 역(驛) 플랫폼 잡상인에게서 구입한 찐 감자와 삶은 계란 시큼한 치즈 그리고 퀴퀴하고 시커먼 빵으로 끼니를 대신할 땐 보드카가 소화제로 제격이었다.

밤도 낮도 없이 달려 사흘째 되던 날 옴스크(Omsk)에 도착했다. 이틀 후 재(再)탑승을 예약하고 광장으로 나와 땅을 밟으니 신천지가 따로 없다. 도스토옙스키의 유배지를 찾아보고 싶어서였다.

동서남북조차 헷갈렸던 너무 낯선 그곳, 1849년 12월 영하 40도의 우랄산맥을 넘어 도스토옙스키가 왔을 땐 버려진 동토의 땅에 불과했을 텐데 175년 전 이 거친 광야의 수용소 생활을 그는 어찌 감내했을까.

옴강(江) 하류 요새(삼각지)의 옛 수용소는 통나무집에 나무 침상과 지푸라기 베개가 전부였으며 음습했다. 살인범과 사상범, 사형수들과 함께 수감됐던 그곳은 허구한 날 시비와

욕설에 드잡이가 그치지 않았다고 한다. 소장(所長) 관사를 리모델링했다는 별도 시설의 문학관은 그의 발자취와 유품들을 엿보기에 충분했다.

비록 유배 신세였지만 그는 남은 인생은 '덤'이라는 각오로 오직 문학 혼을 잃지 않으려 온갖 고초를 이겨냈으며 출소 후 보란 듯 4대 명작 〈죄와 벌〉〈백치〉〈악령〉〈카라마조프의 형제〉을 탄생시켰다. 그의 흔적을 찾아 헤맸던 48시간 문학 기행, 우리는 왜 살며 어떻게 살아야 하는지를 그는 묻고 있었다.

이틀 후 새로이 도착한 열차에 다시 올랐다. 운행 중일 땐 별일이 없다가도 차가 20~30분씩 정차하면 화장실 문도 잠가 버리기 때문에 불편이 여간 아니다. 그래도 기차는 말없이 또 달리고 아침에 오른쪽 창에서 떠오른 해가 저녁 때면 왼쪽으로 붉게 노을을 드리우며 나흘째 이르쿠츠크에 도착했다.

하차하여 앙가라 강(江)을 따라 올라간 바이칼 호수는 수평선이 까마득한 차라리 바다였다. 그냥 마셔도 괜찮다고 해서 너도나도 바이칼호의 물을 떠 마신다. 곳곳에서 만난 돌무더기와 성황당의 5방색 만장들이 고향에라도 온 듯 포근함을 준다. 우리들의 먼 조상 우랄 알타이어족의 뿌리가 이곳일 거라는 걸 교과서에서 배웠던 기억이 불현듯 났다.

또다시 열차는 계속 달렸고 극동 연해주가 가까워진 탓일까. 우리 방에도 까레이스키(고려인)가 둘이나 새로 들어왔다. 그들은 100여 년 전 독립운동을 위해 조국을 떠나온 어버이의 2~3세들로 우리말이 통해 너무 반가웠다. 게다가 그들의 귀띔으로 열차 내에서 머리를 감을 수 있다니 귀가 번쩍 뜨였다.

다음날 용기를 내어 틈틈이 2L 생수병에 물을 받아 모아놓고 야심한 밤을 택해 화장실 문을 잠그고 머리에 물 한 병을 붓고 비누칠한 다음 헹군 물로 후다닥 세수까지…. '아, 세상천지 이렇게 개운할 수가!'

모처럼 단잠을 이룰 것 같은 이 밤이 새고 나면 9,288Km 시베리아 횡단의 마지막 종착지 블라디보스토크에 닿고 사흘 후엔 서울이다.

여행은 내일을 위한 일상의 일탈(逸脫)이어서 좋고, 새로움을 향한 평생 학습(學習)이라 또 좋고 원점으로의 회귀(回歸)라서 더 좋다. 여행의 맛과 멋, 그것을 낭만(浪漫)이라 했던가.

강인철(姜仁喆) 연보

한둘도 아니고 세 개나 되는 나의 첫 번째 이름은 할아버지께서 작명해 주셨다는 인철(仁喆 1945)이고, 서당 3년 책거리 때 훈장님으로부터 선사 받은 아호 시온(時溫 1957)과 서교동성당 알퐁소 (宋)신부님의 뜻에 따른 세례명 시몬(Simone 1986)도 있다. '늘 바르고 따뜻한 사람이 되라' 하신 속 깊은 당부의 말씀은 오래도록 좌우명으로 남아 삶의 버팀목이 되었다.

국민(초등)학교 어린이백일장에 나가 입상하여 공책 10권을 부상으로 받았을 때의 기쁨과 다짐으로 상급학교에 진학해서는 절로 문예반을 택했고 그 후 일기, 독후감, 기행문 등에 열중하면서 훗날 글다운 글을 위해 퇴직 후 '李正林의 수필특강' 수강생으로 10여 년, 2007년 9월 계간 〈에세이21〉로 등단하여 각종 문학상도 수상하였으니 글쓰기와의 인연이 고맙기만 하다.

1945년 조국 광복의 해, 충남 금산(錦山)에서 父 강판석과 母 이오예의 장남으로 태어나. 6·25와 4·19를 고향에서 겪으며 초, 중, 고를 마쳤다.

1962년 서울로 진학, 6·3사태(학생데모) 때는 잠시의 휴교령으로 동갑내기 친구 (故)최인호 문우 등과 세시봉 클럽에 심취하며 '클래식 콘서트'와 '문학의 밤'을 위해 밤과 낮이 뒤바뀐 적도 많았다.

1968년 한일국교 정상화에 따른 제1기 교환학생으로 동경도립대학에 유학하면서 방학을 이용한 일본열도일주여행기 『가깝고도 먼 나라 일본』을 발표했고 귀국 후 동갑내기 아내 (張琴湖)와 함께 서울로 이사하여 도시 직장인으로 새 삶을 내디뎠다.

1977년 Saudi Al-Coba 지사장 근무시절 쿠웨이트, 바레인, 두바이 출장 외에 가까운 이집트, 이스라엘을 비롯 유럽을 돌아보며 세계사적 안목과 국제 감각을 익힐 수 있었던 건 고진감래의 행운이었다.

1979년 중동기행 『일제히 시작하는 땅 ARABIA』를 집필하면서 5대양 6대주를 한 바퀴 돌아보고 싶다는 열망을 품게 되었고, 1년에 한 달씩 배낭여행으로 10년간 열 번의 나들이를 통해 78개국을 돌아 마침표를찍은 곳은 남아공의 최남단 땅끝 희망봉이었다.

2016년 백두산에서 출발한 세계 일주를 마치고 5년여의 자료정리 끝에 펴낸 여행에세이가 『한국대표기행문학 100선』으로 선정돼 출간되었다.

1995년 가톨릭 성지대학 부학장의 소임을 받고 토마스 (金)신부님을 도우며 국악을 통해 신명나는 '시니어아카데미'

를 꽃피우면서 '국악사랑 휘모리' 단원들과 함께 1999년 연변 조선족 방문을 시작으로 토론토 교민회와 베를린한인회를 위한 교민 위로공연은 상상 이상의 보람이었다.

2010년 그런 공적들로 자랑스러운 '서울시민상'을 수상하면서 서울시교육청 재능기부 강사로 선정돼 요즈음도 국악의 대중화를 위한 강의와 봉사활동에 최선의 열과 성을 다하고 있다.

2025년 을사년(乙巳年)이다. 120년 전 이 나라에 조(弔)종이 울렸던 그 을사년을 생각하면 반면교사가 따로 없다. 말과 글과 국악은 나라와 민족의 얼이요 뿌리다. 글을 사랑하는 마음으로 원고지에 접신을 하듯 사물(四物)의 소리를 모아 수필의 세계를 푸지게 가꾸고 싶다. 문학도 결국은 인생의 길에서 찾아내야 할 도(道)가 아니던가.

문단 경력

1998. 10	RI.3650 마포R.C 백일장 장원
2007. 9	계간 〈에세이21〉로 등단
2009~2012	산우수필동인회 회장
2010~2019	(사)산림문학회 편집위원
2013~2014	산영수필문학회 부회장
2015. 12	〈한얼문학〉 제19회 신인문학상 수상
2016. 5	〈한국대표기행문학100선〉 제04호 출간
2018. 11	〈문학세계〉 제12회 창작수필문학상 수상

| 2021. 1 | 제7회 New Forest Korea 산림문학상 수상 |
| 2025. 2 | 선우명수필선 52 『여울 따라 춤을』 출간 |

저서

『5부자 라이브 인 USA』

『중국 그리고 실크로드』

『에베레스트 1/2』

『길은 사람 따라 흐른다』

『이름이 뭐길래』

『내 생애 최고의 날』外

*공저『목요일 아침』『따뜻한 시선』『존재의 향기』外

현재

Unicef 한국위원회 평생회원, 맑고 향기롭게 '길상사' 길동무, (사)문화유산국민신탁 홍보대사, (사)안중근의사숭모회 평생회원, 서울시교육청 재능기부 강사, 국악사랑 '휘모리' 단장, 밴쿠버(사)한국전통문화예술원 고문